今野 敏

叛撃

実業之日本社

実業之日本社文庫

目次

花道 5
探し屋 51
空手道・内海道場 91
非道議員 135
バーリ・トゥード 175
血と埃のバラード 215
幻の秘拳 259
暗黒街のリング 295
解説 関口苑生 339

花道

1

「武道なんて、生きていくうえで、クソの役にも立ちゃしませんよ」

相棒の吉倉《よしくら》刑事が言った。

署を出て、私たちは行きつけの居酒屋へ行った。杯を重ね、吉倉はかなり酔っているようだった。

吉倉は、大学生時代に、空手の学生選手権で優勝したことがある。東京都の強化選手に選ばれ、世界大会に出場したこともあった。

だが、彼はその輝かしい実績を決して誇ろうとしない。

武道などくだらぬものだ――吉倉はたいてい自嘲を込めた口調でそう語る。

私はその点について、彼と議論することはとうの昔にやめている。

私たち警察官は、武道の修行を義務づけられている。術課と呼ばれているが、主に剣道と柔道をやらされる。

術課が、吉倉の言うとおり、生きていくうえで役に立つかどうかはわからない。

だが、私たちの職業には必要だ。

私たち警察官にとって武道は哲学でも何でもない。ただの道具に過ぎない。吉倉の空手だってそうなのだ。つまり、道具と割り切れば役に立つ。そんなものでしかない。

道具と割り切れずにいるから、過大な期待を抱く。だが、たかが道具であり、技術の体系に過ぎないものに、哲学や思想を期待しても裏切られるだけだ。

裏切られるから、恨みごとのひとつも言いたくなる。

空手や柔道、剣道で活躍した学生が警察官になる例は珍しくない。武道を生かそうと思ったら、警察官になるのは誤りではない。

でなければ、ヤクザになるしかない。

私の同僚でも、刑事にならなければヤクザになっていた、とうそぶく者は多い。

「武道が役に立つかどうかなんて知ったこっちゃない」

私は言った。「ただ、一生、その世界から足を洗えずにいる人間は多い。何かの魅力があることは明らかだ」

「弱い者をいたぶる快感はありますね」

「へえ、そうなのか？」

「空手の世界では、弱い者の人格など顧みられませんからね。みんな、強くなることだけを考えている。そして、強くなるためには、噛ませ犬を見つけるのが手っ取り早いのです。弱い者をいたぶっているうちに、自信がついて強くなる」

「いたぶられたやつはどうするんだ？」

「もっと弱いやつを見つけていたぶります」

「さらに弱いやつは？」

「負け犬です。武道なんかやめちまいますよ」

「根性だとかガッツだとかいうのはどうなんだ？」

「幻想です。根性とかガッツが武道で養われることはありません。ただ、つらさに慣れるだけです。別の局面に出会えば、また新たなつらさに直面するのが人生です」

「身も蓋もない言いかたをする……」

「本音ですよ。武道なんかやる暇があったらゴルフやテニスをやればいいんです。そのほうがストレス解消になる」

「なるほどな……」

　だが、プロゴルファーを目指している若者や、テニスで国際ランキングを狙っているような連中はそうは言わないことは、私にはわかっている。要するに、吉倉はひとつのことを過度にやらされたのだ。人間、何でも度が過ぎればうんざりして当然だ。

おまけに、私たちは疲れている。

昨夜は夜中の火事で叩き起こされた。夜明け近くまでかかり、すすだらけになって現場の捜査をした。

帰ってシャワーを浴び、仮眠を取る間もなく出勤しなければならなかった。

捜査報告書をまとめるため、消防署まで出向き、帰ってきたところに、強盗の知らせが入った。

すぐさま飛び出し、現場に向かった。

犯人は、緊急配備の網にかかり、スピード逮捕された。緊急逮捕だったので、取り急ぎ正式の逮捕状を請求するための書類をまとめる。

疎明《そめい》資料を手分けして仕上げ、吉倉と私が裁判所の窓口へ持っていった。逮捕状が下りるまで一時間待たされた。

その間に、私と吉倉はようやくうとうとすることができた。

ミカジメに関するスナック店主とヤクザ者のいざこざがあり、逮捕状を持ち帰るなり、また飛び出して行かねばならなかった。

暴対法ができるまで、こうした仕事はあまりなかった。つまり、一般市民はそれだけ泣き寝入りをしていたということになる。

ヤクザ者は、警察の民事不介入の原則を知っているから、民暴に徹して荒稼ぎを続けてきた。

民暴――つまり民事介入暴力には、これまで警察は手が出せなかったのだ。

しかし、暴対法がその壁を突き崩した。警察は、暴力団のミカジメ料要求や、威《おど》しによる債権の取り立て、組員への勧誘などを取り締まることができるようになった。

その分、確かに、私たちは忙しくなった。

ヤクザ者に、さんざん因果をふくめ、ようやく署に引き揚げたときには、すでに退庁時間を過ぎていた。

私も吉倉も疲れ果てていた。

疲れているのなら、まっすぐ帰って眠ればよさそうなものだが、こういうときに限って足が飲み屋のほうに向いてしまう。

飲みにやってくると、眠ってしまう刑事は多いが、たいていこういう状態で飲みに来るからだ。

疲れているから、どうも自暴自棄の気分が強くなる。

吉倉は、以前から武道に対して否定的な言いかたをすることが多かった。

だが、今夜は特にそれが顕著な気がした。疲れているせいだろうと私は思っていた。

疲れており、その疲れをいやす術《すべ》が見つからないとき、人は何もかもいやになるものだ。

理解はしているつもりだが、やけになった男に付き合わされるのは気分のいいものではない。こちらだって疲れているのだ。吉倉より年を取っている分だけ、私のほうが参っているかもしれない。

苛立《いらだ》ちは伝染するのだ。

「どうだっていいじゃないか、そんなことは……。おまえさんは空手の選手をやっているわけじゃないんだ。今は、警察官なんだ」

「空手がヤクザの世界にどれくらい人材を送り込んでいるか知ってますか？」

「知っている。だが、同様に、われわれ警察にも人材を提供してくれている」

「結局、武道なんて、そういうものにしか役に立たないんです」

「そういうもの？」

「暴力です」

「そうだ。だから言っている。武道だの武術だのいうのは道具に過ぎない。道具自体に善悪の区別も正邪の区別もない。拳銃がそうであるように、な。使う人間次第だ」

「けどね、チョウさん」

――と、吉倉は言った。彼は、私のことをチョウさんと呼ぶ。

私は、部長刑事――つまり、巡査部長の階級を持つ刑事だ。

「警察は、拳銃を取り締まるけど、空手を取り締まりはしない。そうでしょう？」

ここまできて、私はようやく気づいた。

吉倉は、私の知らない何かで悩んでいる。

私は吉倉を見た。

吉倉は一度、私を見返して、すぐに眼をそらした。

彼は私に何かを察知してほしかったのかもしれない。

甘えるんじゃない、と言いたい。しかし、これも担当の部長刑事の役割なのかもしれない。

私は吉倉に気づかれぬように、そっと溜め息をついた。面倒なことが待ち受けている。だが、それを避けて通ることはできない。

そんなときに人がよく洩らす溜め息だ。

私は尋ねた。

「何があった？」

吉倉は何も言わない。自分から話を振っておいて、迷っているのだ。

私はもう一度言った。

「何かあったんだろう？」

吉倉は周囲を見回した。

私たちはカウンターの一番端にいる。声を落とせば、従業員にも他の客にも話は聞かれずに済む。吉倉は、それを確かめてから言った。

「四係が今、かかえている案件なんですが……」

「マル暴が……？　何だっけな？」

「不法就労の外国人を斡旋《あっせん》している……」

「ああ……、黒砂一家だったな……」

黒砂一家は、広域暴力団板東連合傘下の組だ。もともと、口入れ稼業を生業としていたが、このところ、観光ビザで滞在しているような外国人を、いわゆる３Ｋと言われる職場中心に手配をし、荒稼ぎをしていた。

もちろん、ピンハネをしているのだ。不法就労者である外国人たちは文句を言えない。また、不況だ就職難だと言われても、肉体労働や単純作業の労働力は不足している。

中小企業の経営者は、切実に労働力を求めているのだ。需要のないところに、商売は成立しない。

黒砂一家が扱う不法就労者には、もちろん女性も含まれる。こちらも常に需要はある。

どんな国のどんな時代でも性風俗がすたれることはない。黒砂一家が手配する女性のなかには売春をやっている連中もいる。

ほとんどがそうかもしれない。

しかし、黒砂一家を売春の廉《かど》で挙げることはできない。彼らは、あくまで、女性をホステスやエンターテイナーとして斡旋するだけなのだ。

その点、彼らは巧妙な逃げ道を作ってある。黒砂一家が直接売春とつながる証拠は注意深く消し去るのだ。

警察は、「何となく悪いことをしていることがわかる」だけでは手が出せないのだ。私たちが動くためには事件性の証明が必要なのだ。

私たちの署の刑事捜査課四係が苦労をしているのも、そのためなのだ。

四係の連中は、今、黒砂一家が尻尾《しっぽ》を出すのを、虎視眈々《こしたんたん》と狙っている。小さな証拠をこつこつと積み上げ、検挙の機が熟するのを待っているのだ。

それが本来の刑事の仕事だ。派手な家宅捜索《ウチコミ》にこぎつけるまでが勝負なのだ。

「黒砂一家がどうかしたのか？」

「不法就労の斡旋をしている主犯格の男の名を、四係の連中はすでにつかんでいるらしいんですが……」

「当然、それくらいはわかっているだろうな……」

「石島慎一《いしじましんいち》という男なんですが……」

言いづらそうに口をつぐんだ。

「何だ？」

「俺、そいつを知ってるんです」

「知っている？　個人的に知っているという意味か？」

「はい」

「どういう付き合いだ？」

「石島は俺のライバルでした」

「ライバル……？」

「学生時代、空手の試合で何度も優勝を争ったことがあります」

私はうめいた。

何か言おうと思ったが、言葉が出てこず、喉《のど》の奥から低い声だけが洩れた。

短い沈黙があった。吉倉は口を開こうとしない。しかたがないので、私は質問した。

「親しかったのか？」

明らかに愚問だった。親しくなければ、吉倉が思い悩む必要などないのだ。

「ええ……」

吉倉はこたえた。「ライバルと呼ばれるほどのスポーツ選手同士は、かなり特別な関係にあるものです。常に会場の注目を浴びていますから、どう言ったらいいか……、他人が見て理想と思うような付き合いを、自然と意識するようになったりします」

想像できなくはない。

エリート意識を持った者たちは、付き合いにもエリート意識を持ちたがる。そして、一般の人々は、そうした付き合いかたに憧れを覚えるのだ。

いい例が芸能人同士の交流だ。

仲のいい芸能人同士の会話は、それだけでテレビ番組として成立したりする。視聴者は芸能人たちの楽屋受けする話題を楽しむのだ。

「つまり、おまえさんとその石島とかいう男は、他人が見て理想的な友人同士を演じていたわけだな？」

「そう、演じていたのかもしれません。しかし、こういう演技は、そのうち演技でなくなっていくものです」

「まあ、そうかもしれないな……」

私は、まるで男と女の話を聞いているような気がしてきた。スポーツマンの世界というのは、本人が意識するしないにかかわらず、かなりホモセクシュアルだという。

本人にそういう趣味があるという意味ではない。関係がホモセクシュアルなのだそうだ。

私は誤解されるのを恐れて、その言葉を口に出すのはやめた。

吉倉が続ける。

「お互い、シビアな練習をしたり、試合のスケジュールに追われたりと、共通の悩みを持っていたこともあり、俺たちはかなり親しくなりました。そして、何より……」

彼は言葉を探すように間を取った。「武道家同士でしたから……」

「サムライ同士というわけか？」

「まあ、そういう感じですね」

語るに落ちたというやつだ。

口でどんなに悪態をついても、吉倉は空手を憎むことはできないのだ。

いや、憎んでいるのかもしれない。しかし、それは近親憎悪のようなものだ。

できればこの先は聞きたくはない。どうせ面白くない話なのだ。

しかし、ここまできて本題に入らないわけにはいかなかった。

「それで、おまえさん、何をどうしたいんだ？」

「わからないんです。自分でもどうしたいのか」

「その石島が黒砂一家にいることは以前から知っていたのか？」

「いいえ。三日まえに、四係の連中と話をしていて偶然知ったんです。驚きましたよ」

「同姓同名じゃないのか？」

「いえ。その後、こっそりと確認を取りましたから……」

「四係の連中はそのことを知っているのか？」

「まだ知らないと思います。今のところは……」

「早いとこ、言っちまったほうがいいんじゃないのか？　黙っていて、むこうのほうから嗅《か》ぎつけてきたら、ちょっと面倒なことになる」

「ええ……。それも考えたんですが……」

吉倉の口調は煮え切らない。

「さっさと四係の連中に話して、協力できる点があったら協力しろ。そして、さっさと忘れちまうんだ」

「やっぱり、それが一番ですよね」

「当たりまえだ」

私は、それで吉倉が納得したと思っていた。

2

刑事捜査課四係——通称マル暴刑事たちは、ゆっくりだが確実に黒砂一家の石島を追いつめているようだった。

どうやら家宅捜索《ウチコミ》も近い様子だ。

私は、吉倉が、四係の仕事を気にしているのを知っていた。

だが、放っておいた。

こちらはこちらで忙しいのだ。追っている事件はいくつかあるし、飛び込みの事件もある。

現場に飛んでいかねばならないし、会議にも出なくてはならない。

書かねばならない書類は山ほどある。警察は役所だから、基本的には書類で動く組織だ。

些細《ささい》なことでも書類にしなくてはならない。警官や刑事の質問がしつこいのは、そのせいもある。

細かいことをすべて書類に書き込まなければならないのだ。そのために、刑事は、たいてい多くのメモを取る。

曖昧《あいまい》な記憶に頼ることはできない。

刑事は、聞き込みのときはたいていふたり一組で、しかもルーズリーフの大きなノートをかかえている。

小さな手帳などでは間に合わないのだ。ふたりでルーズリーフのノートにぎっしり書き込み、いざ書類を作ろうとすると、それでも聞き洩らしや書きこぼしがあったりする。

多忙は多忙だが、テレビドラマのように、四六時中働いているわけではない。当直のとき以外は、早く帰ることも少なくはない。

もちろん突発事件や捜査が大詰めになったときは別だ。そういうときは、文字どおり寝食を忘れる。

その日、私も吉倉も定時で帰れるくらいに余裕があった。

行きつけの飲み屋にでも寄ろうと思ったら、吉倉は帰ると言う。

そのときの態度がふと気にかかった。どこがどうというわけではない。

私は刑事として、その勘に従うことにした。私は、吉倉を尾行し始めた。

プロフェッショナルがプロフェッショナルを尾行するのだ。楽ではないことはわかっていた。

だが、年季が何とかしてくれると信じた。日が暮れかかった街を、吉倉は振り返りもせずに歩いていく。

その後ろ姿はどこか思いつめているような感じがした。

地下鉄の駅の階段を下る。吉倉がいつも通っている道だ。本当に帰宅するのかもしれない。

私は、同僚を尾行する後ろめたさをずっと感じ続けていた。引き返そうか――私は思った。

吉倉は疲れているだけなのかもしれない。

私らみたいな中年男と酒を飲むよりも、ひとりでやりたいことがあるのかもしれない。

もしかしたら、デートなのかもしれない。私がいくら、彼の担当をしている部長刑事であっても、これ以上プライバシーに干渉する権利はない。

そして、同僚の私生活に口出しするのは、私の趣味ではない。

しかし、私は尾行を中断しなかった。

署を出るときの吉倉の態度が、まだひっかかっているのだ。引き返すのは、吉倉が自分の家に入るのを確かめてからでも遅くはない。

私はそう思い直した。

吉倉は、三つ目の駅で地下鉄を乗り換えるはずだった。

尾行で最も難しいのは、電車や地下鉄などを使う場合だ。

車両のなかというのは、隠れる場所がない。

混んでいればまだましだが、空《す》いているときは、尾行の対象と同じ車両に乗ることすらできない。

警戒心の強い犯罪者になると、となりの車両まで気にしているものだ。そして、車両や駅は、尾行者を撒《ま》くにはもってこいなのだ。

私は、通勤ラッシュの混雑を利用することができた。

三つ目の駅で人がいっせいに下車し始める。当然、吉倉もその人の流れに乗るものと思っていた。

だが、吉倉は降りなかった。

ドアが閉まり、地下鉄は発車する。私は、となりの車両から、ドアの窓越しに吉倉の様子をうかがっていた。

吉倉は、吊り革につかまって立ち、窓の外をぼんやりと眺めている。地下鉄の窓。

そこには、おそらく自分の顔が映っているだけだろう。

駅の構内に入ったときと、地上へ出たときにしか役に立たない地下鉄の窓。しかし、窓というのは不思議なもので、人は、窓を作らずにはいられない。

そして、景色など見えない地下鉄の窓をぼんやり眺めている乗客が必ずいるものだ。

さらに、三つの駅を過ぎた。

四つ目の駅で吉倉は地下鉄を降りた。まっすぐ改札に向かう。彼は精算をして改札を出た。

私は、警察手帳の力を借りることにした。ぐずぐずしていると、吉倉を見失ってしまう。

「すいません。公務です」

私は有人改札口で手帳を見せた。

吉倉は、地上へ出る階段を上がろうとしている。私は、そのあとを追って階段へ向かう角を曲がった。

私はそこで立ちすくんだ。

吉倉が立っていた。

「どうも、チョウさん」

吉倉が言った。

ひどく気まずかった。ごまかしようがない。私は言った。

「いつから気づいていた?」

「地下鉄を降りたところで……。それまでは気づきませんでした。さすがですね」

「気になったもんでな……。先日の話……」

「当たりですよ」

「どういう意味だ?」

「いっしょに来ますか?」

「どこへ行く?」

「クラブです」

「クラブ?」

「石島に会いに行くんです」

刑事などとても通うことのできない高級クラブだった。

石島は、そこにひとりで来ていた。石島は吉倉との再会を悪い冗談のように、皮肉な笑いで迎えた。

「にたにたするな」

吉倉は言った。「おまえは、今、そんな立場じゃないんだ」

「昔からおまえは杓子定規《しゃくしじょうぎ》なやつだった。だからコンディションがもろに影響した」

あいかわらず皮肉な笑いを浮かべている。その表情のままで私のほうを見た。

「そして、すぐにフェイントをかける。ひとりで来るんじゃなかったのか？」

「そうは言わなかった」

私は申し訳ないとは思わなかった。吉倉に対して怒りすら感じている。

何の話をしに来たのかは知らない。

だが、これは、警察官としてやってはいけないことだった。捜査課四係の連中に見られでもしたら、申し開きもできない。

吉倉は私のことを紹介しようとはしなかった。旧交をあたためるために来たのではないらしい。

三人のホステスがついた。水割りを作る。だが吉倉は手をつけようとしない。もちろん、私も飲む気はない。

なぜか、石島もあまり飲まない。

「俺はおまえを尊敬していた」

吉倉は石島の顔を見ずに言った。彼は手の指を組み、その爪を見つめている。

石島は表情を変えない。

「ほう……。刑事さんが、この極道を尊敬……?」

「俺が刑事になるまえの話だ。つまり、おまえがヤクザに身を落とすまえだ」

「口が悪いな。おまえが刑事でなければ、かなり痛い目にあっているはずだ」

吉倉はまだ石島を見ようとしない。

「おまえは、天性のスター性を持っていた。どんな強敵が相手でも、余裕の表情を見せ、自分のペースを崩さなかった。そして、まるで、相手を手玉に取るように、意表を衝《つ》く技でポイントを取っていった。会場で、おまえは、まさに水を得た魚だった。今だから言うが、俺はおまえにだけは勝てる気がしなかった……」

「だから勝てなかったんだ」

石島は当たりまえのように言った。「おまえと俺は七回戦ったことがある。結果は俺の五勝二敗だ。その二敗も、ポイントは五対六——つまり、おまえは実力では遠く俺に及ばなかったんだ」

「そうかもしれん……。だが、おまえが強過ぎたんだ」

「おまえは懸命に練習したのだろうな」

「もちろんだ」

「俺は練習が嫌いだった。だが、戦績は俺のほうがよかった。なぜだかわかるか？」

「才能かもしれん」

「いや、単純なことだ。おまえは空手の練習をしていた。だが、俺は試合の練習しかしていなかった」

私は、吉倉のほうをそっとうかがった。吉倉はまだ顔を上げようとしない。

彼は一瞬、言葉をなくしたようだった。

そんな吉倉を見て、石島は残忍な笑いを浮かべた。そして、言った。

「強いか弱いかなんて知ったこっちゃねえ。ただポイントを取りさえすればいいんだ。大学のコーチは、基礎だの、地力だのとくだらねえごたくを並べてたっけな……。体力のある者もない者も、まったく同じ反復練習をさせる。器用な者も不器用な者も、同じことをやらせる。俺は一年のときから、試合でポイントを取ることだけを考えていた。試合で勝つには、スピードだ。そして、どうやって、敵のペースを崩すかを考える。それだけでよかったんだよ。コーチとは仲が悪かったよ。だが、俺は試合に出れば負け知らずだった。コーチよりも、よその師範連中が寄ってきた。全空連の役員だ。空手ができない師範だよ。やつら、名選手にたかるハイエナだ」

どうして空手をやった者はこう空手を悪く言うのだろう。

私は思った。剣道をやる者がこれほど剣道の世界を悪く言うのを聞いたことがない。柔道でも同様だ。

学生時代に、うんざりするほど練習や試合をやらされたというなら、剣道だって柔道だって同じはずだ。

空手競技自体が若く未成熟なのかもしれないと思った。本土の空手の歴史は、船越義珍《ふなこしぎちん》によって始まるが、彼が「松濤館《しょうとうかん》」を開いたのは、昭和五年のことだ。

本土の空手の歴史は六十年ほどに過ぎないのだ。フルコンタクト系空手に至っては、生まれてから、まだ三十年ほどしか経《た》っていない。

「それを聞いて少しは気が楽になったよ」

吉倉は言った。

「気が楽になった、だと……？」

石島は、面白くもない冗談を聞いたときのように鼻で笑った。「言いたいことがわかんねえな」

同感だった。

吉倉が言う。

「どういうことなのか、俺にもよくわからない。しかし、何だか安心したような気がする。俺は試合では勝てなかったが、それは、多分、試合で勝てなかっただけなんだ」

「だが、俺たちにとって、試合がすべてだった」

「幸いにして、今はそうじゃない」

「そう。俺は試合のことなど忘れた。そして、今度は喧嘩のことだけを考え始めた。空手はおおいに役に立ってくれたよ。だが、喧嘩は喧嘩、空手じゃない。俺は空手を喧嘩の道具に使っているだけだ」

「だろうな……。俺はずっとこだわっていた。なぜ、お前に勝てないのか、と……。そして、俺よりすぐれたおまえの腕を生かす方法は、ヤクザ者の世界にしかなかったということがショックだった」

「おまえは、学生のときから、そういうやつだよ」

「だが、俺の空手が負けたわけではなかった」

「いいや。おまえの空手が、俺の空手に負けたんだ。空手なんざ、所詮、喧嘩の道具だ。それ以外、何の役に立つってんだ？　痛い思いや苦しい思いをして、そのあげくが精神修養じゃやってられねえよ」

私は、石島の言葉のなかに理があるような気がした。武道というものにこだわり過ぎているのは、吉倉のほうだ。

「おまえにとって、空手はその程度のものだろうがな……」

吉倉は言った。

石島は、まだ余裕の笑いを浮かべている。この男は、常にそうなのかもしれない。いつも、他人を見下しているようなタイプだ。

「なら、試してみるかい？」

「そのつもりでここへ来た」

石島は、片方の眉を吊り上げて見せた。これも人を小ばかにした態度だ。

私はあきれてしまった。

「いいかげんにしないか、吉倉。頭を冷やせ」

吉倉は石島を見たまま言った。

「すいません、チョウさん。でも、これは、ここに来るまえから決めていたことなんです」

「子供じゃないんだ。そんなことが許されるかどうか、わからんはずはないだろう」

吉倉はまじめな刑事だった。

上司には逆らわない。やるべきことを心得ており、淡々と仕事をこなす。

こんな面倒事を起こすとは思ってもいなかった。

私は、四係の連中の顔を思い出し、また、そっと溜め息をついた。

「だいじょうぶです。すべてうまくやります」

「ふざけるな。何がだいじょうぶだ。こうして同じ席に着いているだけでもヤバいんだ」

「拳《こぶし》で決着をつけなきゃならないこともあるんです」

「それは法の番人の言うことじゃない」

石島は私に向かって言った。

「昔の空手仲間が、久し振りに組手《くみて》をやろうって言うんですよ。どこがいけないんです？」

ホステスたちは、興味深そうな顔で話のなりゆきを見守っている。彼女らはだいたい好奇心が強い。でなければ、この職業でやっていけない。私は、彼女らに話を聞かれるのもまずいと思っていた。

私は、石島の人を食った物言いに腹を立てた。

「それは、まっとうな人間の台詞《せりふ》だ」

石島は唇をゆがめて笑い、吉倉を見た。

「俺とおまえは、ふたりで会うはずだった。この人は招待もされていないのに、勝手にやってきて何だかつまらんことを言っている。この人に、何の権利があるんだ？」

「権利はある。ヤクザを取り締まるのは警察の職務のひとつだ」

「大きな口を叩くじゃないか。自信たっぷりだ。その自信がどのくらいもつか、試してやろうじゃないか」

石島は立ち上がった。吉倉も立ち上がる。私はふたりを見ていなかった。頭のなかに、また四係の連中の顔が浮かんだ。

だが、もはや彼らを止めるつもりはなかった。

吉倉が石島と戦いたいと言うのなら、それもいい。このことが、四係の連中の捜査に、悪影響があるかどうかはわからない。

何しろ、彼らは本当に、大学時代からの空手仲間なのだ。

いや、私は今、自分を欺《あざむ》こうとしている。捜査に悪影響がないはずはない。

だが、そうとは限らないと思い込もうとしているのだ。

ふたりは出ていった。私は、そのあとを追って店を出た。

吉倉と石島が戦うことを、なぜ認める気になったかは、私自身、はっきりとはわからない。

説得するのが面倒になったということもある。もう、吉倉の立場など知ったことかという気持ちもあった。

しかし、吉倉のこだわりに付き合ってみたいという気持ちがあったのも確かだった。石島の言うとおり、吉倉は杓子定規なやつだ。

その吉倉が、常軌を逸した行動を取ろうとしている。石島と戦うことに、私などにはわからぬ大きな意味があるのかもしれない。

吉倉と石島はクラブを出ると、人混みのなかをしばらく歩いた。裏通りに入ると嘘のように人通りが少なくなった。

石島は小さな公園を見つけて入っていった。吉倉はそれに続いた。

公園内には、水銀灯がひとつ点《とも》っているだけだった。ベンチに人影はない。アベックもこのあたりにはやって来ないようだ。

石島は立ち止まり、振り返った。

吉倉も立ち止まった。ふたりは、約三メートルの間を取って立っている。

石島が言った。

「さあ、来なよ」

吉倉は上着を脱ぎ、ネクタイを外した。それを後方に放り出した。

彼は、組手式に構えた。

石島は、わずかに半身になったまま、ひっそりと立っている。両手をだらりと垂れ、立ち腰のままだ。

立ちかたは、柔道にもある自然体で、いわゆる『レの字立ち』だ。

私は、もはや、ふたりの間に立ち入ることはできない、と感じた。

ふたりは、睨み合い、じりじりと間を詰めていく。

やがて、吉倉の両足が地を蹴った。

「ウリャッ」

吉倉は、順突き、逆突きのワンツーを出しながら突進した。順というのは前になっているほうの手足で攻撃することを言う。

3

ふたりの動きは、速過ぎて正確に見て取ることはできない。

拳や蹴りが空気を切り裂く音が聞こえる。

肉を打つ重々しい音。

次第に荒くなっていく呼吸。

今、吉倉と石島は刑事と被疑者ではなかった。警察官とヤクザですらない。空手のライバルとして戦っているのだ。

彼らと私のほかには、公園内には誰もいない。

私は妙に冷めた思いで戦うふたりを眺めていた。

まるで子供か獣のようだ——私は思った。暴力でしか物事を解決できない。

それも当然かもしれない。

武道とはそもそも暴力を前提とした技術でしかない。暴力の専門家といっていい。

暴力の専門家は暴力でしか物事を解決できない。私はそんなことを考えながら、ふたりを見ていた。

寒々しい思いがした。

暴力や権力が好きなのは警官も同様だ。警察官はたいてい自分の腕っぷしに自信を持っているし、警察の特権を快く思っている。

犯罪に対して力で対抗すべきだという考えかたも、警察のなかでは根強い。

被疑者の扱いは、どこの警察署でも、たいていひどいものだ。殴る蹴るは当たりまえで、まったく拷問に等しいことも黙認されている。

自分は強者であり、強者には何でも許されるという思いが警察官の心のなかにある。

その点、おそらく武道家に通ずるものがあるのだろう。

ぎらぎらと眼を光らせ、牙を剝《む》いた若い野獣の世界だ。成熟した理性的な大人の世界ではない。

愚か者がふたり戦っている。どんなに強くても愚か者は愚か者だ。

吉倉の攻撃はさすがに鋭かった。

近代的な競技空手のスタイルだが、スピード、破壊力ともに超一流だ。

たいていは、順突きから入り、すかさず逆突きを出す。

順突きはフェイントに使うこともあれば、直接上段を狙っていくこともある。

そのワンツーが単発で終わることはない。ワンツーのあと、もうひとつ、左の上段が打ち込まれる。

あるいは、蹴りへとつないでいく。

石島は、それをさばいていく。

力を抜いて、流すようにさばく。決してがっちりと受けたりはしない。

空手家の拳は鍛えられている。ブロックすれば、ブロックした部分の骨を傷めるおそれがあるのだ。

最近、グローブをつけた空手が流行しているが、あるとき、吉倉が、「グローブをつけたとたん、空手は空手ではなくムエタイになる」と語っていた。

グローブは、空手本来の拳そのもののおそろしさを奪ってしまう。

石島のほうからは手を出さない。

一流選手は、反射神経がすぐれている。だから、合わせがうまい。合わせとはカウンターのことだ。

うかつに攻められないのだ。

吉倉の中段突きや、中段への回し蹴りが時折決まる。

吉倉の速い攻撃をさばききれないのだ。だが、有効打はない。

石島も、おそらく、危険な攻撃だけはかわし、たいしたことのない突き蹴りは無視しているのだろう。

石島は本人の言葉どおり喧嘩慣れしていた。彼はじっと吉倉を観察し続けているのだ。ダメージはまったくないらしい。

攻撃し続けていれば、常に試合の主導権は握れる。だが、それは、試合だからこそ成立する作戦だ。

空手の試合は、全空連ルールでは三分間の三本勝負だ。時間が限られているのだ。

攻撃し続けるというのは、ひどく体力を消耗する。

石島は、吉倉の攻撃をしのぎながら、吉倉のスタミナが尽きるのを待っているのかもしれない。

あるいは、喧嘩の名人らしく、相手の隙《すき》につけこもうとチャンスをうかがっているのかもしれない。

どちらにしてもこのままだと吉倉は一発逆転を食らうことになる。

だが、石島と違って吉倉は鍛えていた。術課で柔道や剣道はやらされるし、逮捕術のために空手のトレーニングも続けている。

夜ごと飲み歩いているヤクザ者とはスタミナが違う。

吉倉は、自分の体力に自信を持っているのだ。

吉倉は、最後まで押し切れると考えているのかもしれなかった。

勝負は下駄をはくまでわからない。

ふたりの戦いを、ばかばかしいものと思っていた私だったが、いつしか、その勝負に引き込まれていった。

吉倉が、左でフェイントをかけながら、素早く腰を開き、順の回し蹴りを出した。

つまり、吉倉は、左の順突きでフェイントをかけ、そこに相手の神経を集中させておいて、左の足で回し蹴りを出したのだ。

スピード、タイミング、ともに申し分なかった。

石島はやはりその攻撃をかわせなかった。左の回し蹴りが側頭部にヒットする。

だが、それは、威力よりもタイミングを重視した攻撃だったので、あまりダメージはなかった。

石島は、間合いを取ってから、さっと頭を振った。ダメージを追い払ったのだ。

彼は不敵な笑いを浮かべる。

「やるじゃねえか……。だが、所詮、お稽古ごとだ」

吉倉は構えたままこたえた。

「だが、おまえは、そのお稽古ごとを相手に反撃もできずにいる」

石島は、笑いを浮かべたまま言った。

「思い上がっちゃいけねえな……」

次の瞬間、石島は、滑るように移動した。プロの喧嘩屋の足運びだ。

吉倉は反応しようとしたが、遅かった。実戦のかけひきでは、石島に一日の長がある。

石島は、左のロングフックを吉倉の顔面に飛ばす。

吉倉はそれを右手で弾いてすぐさま、左の攻撃に出ようとした。

しかし、そのまま動きが止まってしまった。石島のロングフックはフェイントだった。彼は、吉倉の膝を正面から蹴り降ろしていた。

膝への蹴りは、動きが小さくて済むために相手に感づかれない。そして、まっすぐ蹴るのではなく、上のほうから踏み降ろすように蹴れば、あっけないくらい簡単に相手の膝を折ることができる。

一度折れた膝はもとにはもどらない。

「が……」

吉倉は、奇妙な声を洩らして、尻餅をついてしまった。

石島は、吉倉を見降ろしている。やはり笑っていた。とどめを刺そうとはしない。いたぶるつもりでいるようだ。

私は拳銃を持っていないことを悔やんだ。

「遊びは終わりだ」

吉倉を見降ろしたまま石島が言った。

吉倉は、無言で石島を見上げた。それから用心深く立ち上がった。

膝は折れていないようだ。すぐれた武術家は、衝撃を受けた瞬間に、咄嗟《とっさ》に身体をかばう動きをするという。

おそらく、吉倉も膝を蹴り降ろされた瞬間、うまく力を逃がしたのだろう。だが、ダメージは残っているはずだ。

切れのいい吉倉のフットワークは封じられた。

吉倉にプレッシャーがかかるはずだ。吉倉が決定的に不利になった、と私は思った。

だから、そのときの吉倉の言葉と表情に、私は驚いた。

吉倉は言った。

「そう。遊びは終わりだ」

彼は、自信に満ちた表情をしていた。はったりではない。石島を見下しているふうでもあった。

それまで余裕を保っていた石島は、その吉倉の態度に、わずかながらたじろいだようだった。

吉倉の膝にダメージが残っていると見て取ったのか、あるいは吉倉の態度に腹を立てたのか、これまでさばきに徹していた石島が先に動いた。

やはり滑るような足さばきで、するすると近づいた。

吉倉は反射的に、順突きで迎え打つ。石島はそれを、ダックしてかわし、ショートのフックを出した。

フックはきわめて実戦的なパンチだ。相手にすれば、パンチが視界の外から飛んでくるような感じがするのだ。

吉倉は、それをかわさなかった。

パンチが決まったと思った。しかし、そのパンチの威力はほとんど消されていた。

吉倉は相手のパンチをまったくおそれず、体重を乗せたローキックを出していた。

ローキックは、石島の膝上二十センチの急所に決まっていた。

一瞬、石島の動きが止まる。

吉倉は、狙いすましたように掌底《しょうてい》で石島の顎《あご》を突き上げる。

石島は、のけぞり、そのまま尻餅をついた。軽い脳震盪《のうしんとう》を起こしたようだった。

今度は、さきほどとはまったく逆に、吉倉が石島を見降ろす形となった。吉倉が言った。

「さあ、立てよ。ヤクザの喧嘩《ゴロマキ》ってのはそんなもんか？」

すでに石島の顔から笑いが消えていた。彼は勢いよく立ち上がった。だが、ローキックを食らった左足に力が入らないようだった。

吉倉の構えが変わっていた。最初に石島が見せたような構えだ。両手を下げ、『レの字立ち』で、やや半身になっている。立ち腰の楽な構えだった。

吉倉は、さきほどまで学生時代のスタイルで戦っていたのだ。それが、あの一発のローキックから変化した。

「なめた口きいてんじゃねえ」

低い声でうなるように石島は言った。言い終わらぬうちに、攻撃に出た。ダメージのある左足を飛ばす。中段の回し蹴りだ。

ダメージのあるほうを軸足に使うと、蹴りの威力は格段に落ちる。しかし、その逆だと威力はそれほど落ちない。

そして、すぐに、右フックへとつなぐ。

吉倉は、退《さ》がらなかった。逆にインファイトしながら蹴りを殺し、フックをさばく。フックをさばいた瞬間、その手を返し、開いた手の指の爪の側で、石島の目のあたりを叩いた。

指を鞭のように使うのだ。相手は、一瞬無力化する。俗に「霞《かすみ》をくれる」という手法だ。

石島は目をつぶり、立ち尽くした。

吉倉はまったく苦労せずに、狙いすまして中段に正拳を打ち込み、さらに、左右の掌底を顔面に叩き込んだ。

石島は、ゆっくりと、膝から崩れ落ちていった。

私は、声もなく立ち尽くしていた。

吉倉の戦いぶりに舌を巻いていたのだ。スポーツ選手の戦いかたではなかった。武術家の戦いだ。

吉倉は、しばらく石島を見降ろしていたが、やがてくるりと背を向け、歩き出した。

私のそばに来ると、彼は言った。

「迷惑かけました。チョウさん。でも、悪い結果にはならないと思います」

私は、吉倉が何を言っているのかわからなかった。

4

四係が黒砂一家に家宅捜索《ウチコミ》をかけ、石島以下四名を検挙したのは、その翌日だった。

石島が神妙に連行されてくる姿を遠くから眺めていた私は、不思議な感じがしていた。

その日の夕刻、四係の刑事がやってきて、私に言った。

「石島という被疑者が妙なこと言ってる」

「何だ?」

「あんたとこの、吉倉に会わせろと言うんだ」

「それで……?」

「ふざけるな、と言ってやった。すると、やっこさん、こう言った。じゃあ、恩に着る、と一言だけ伝言してくれ、と……」

「恩に着る？」

「どういうことだ、チョウさん」

「知らん」

「吉倉に尋ねるべきだと思うが……」

「俺が訊《き》いておく」

外の用事から帰ってきた吉倉に、私は石島の言葉を伝えた。そして、尋ねた。

「どういう意味だ？」

吉倉は、少し照れたように苦笑した。言葉を探すように、やや間を置いてから、彼は言った。

「やつには、引き際の花道が必要だったんですよ」

「引き際の花道……？」

「あいつは、捜査がかなり進んで、すでに逃れられないところまで来ていることを知っていたんです」

「ほう……」

「実を言うと、俺のほうから連絡を取ったんです。ああいう男は、花道を用意してやらないと、また余計なことを考えますからね」

「散り際に派手な抵抗を試みる、とか……？」

「そう。そうなると、また、出さなくてもいい犠牲が出ることになる……」

「なるほど……。おまえにはその気持ちがわかったというわけだ」

「ええ……、まあ……」

「武道家同士だからか……？」

「そうかもしれません」

「武士の情というやつか？」

「ええ……」

「あの公園での出来事は誰にも言わんことにする」

「すみません」

「おまえも忘れろ」

「武道家の意地だの、武士の情だの……、くだらないことだとはわかっているんですが……」

「そうかな?」

「はあ……?」

「どうして、捨てたもんじゃないという気がするがな」

私はそのとき、本当にそう思っていた。

探し屋

1

その店に入ったとたん、敵意を強い静電気のように、感じた。

所長は、かまわずに、まっすぐカウンターに向かって進んだ。僕もそのあとに続いた。

なるべく周囲の客たちを見ないようにした。どんな客がいるかは、ドアを開けた瞬間にわかっていた。

ドアを開けるまえから見当はついていたのだ。店のまえには、派手に改造した車が駐《と》まっていた。

その車の脇には、やはり改造されたバイクが並んでいる。

カウンターのなかにいるバーテンダーも一癖ありそうな男だった。

バーテンダーの頬から顎《あご》にかけて、傷があり、ひどく凶悪な感じがする。その眼は奇妙に底光りしていた。

所長は立ち止まり、そのバーテンダーの眼をまっすぐに見て言った。

「岩井政史《いわいまさし》という男を探している。知らないか？」

バーテンダーは、にこりともしない。

まるで質問が聞こえなかったように、言った。

「ご注文は？」

所長は、言った。

「岩井政史だ」

バーテンダーは、そっと周囲の客の顔を見回した。

何かを眼で訴えているようだ。指示しているのかもしれない。

何であるかはわからない。

バーテンダーは、視線を所長に戻すと言った。

「そういう名の飲み物は置いてないんだ。よその店を当たってくれ」

「岩井政史がこの店の常連だったことは調べがついている」

「警察《ヒネ》かてめえ」

もちろん、バーテンダーはそうでないことに気づいている。知っていて訊《き》いているのだ。

「そうじゃない」

所長は言う。「ただ、岩井を探しているだけだ」

「帰んな」

バーテンダーはなぜか期待のこもったような目つきで所長を見た。「日が暮れると、このあたりは物騒だ」

所長は黙ってバーテンダーを見た。バーテンダーも所長を見返している。

睨み合っているわけではない。

どちらかといえば静かな眼差しだ。

だが、バーテンダーの眼には殺気のようなものが感じられた。

所長は僕に背を向けていたので、その眼を見ることはできなかった。

だが、見なくてもどんな眼をしているかわかる。この人は、眼の表情を変えることがないのだ。

店内で口をきく者はいない。

静かだが、明らかに緊張が高まっていくのがわかる。

所長の背は微動だにしない。だが、力がこもっているわけではなかった。

この緊張のなかで、所長だけが落ち着いている。

「また来る。そのときには、何か聞けることを期待している」

突然、所長はくるりと振り向き、戸口に向かって歩き出した。

僕はあわててそのあとを追った。

店から出られるのがとにかくありがたかった。

その店は『ブルート』いう名だった。その名のとおり、悪《ワル》どもの溜まり場だ。

かつて、渋谷の名物だったチームが近郊の都市へ飛び火した。

そうした首都圏の近郊都市では、もともと暴走族が幅をきかせていた。チームという現象が渋谷あたりから流入し、暴走族とチームの区別があまりなくなってきた。双方とも、若くて凶悪だ。

少年法のおかげで、彼らは悪事の働き放題だ。喧嘩や恐喝はおろか、強姦や人殺しも何とも思っていない。

そうした悪《ワル》のバックには、たいてい暴力団がついている。『ブルート』の経営者もおそらくは暴力団だ。バーテンダーは組員だろう。それくらいの貫目《かんめ》はあった。

このようにして、暴力団は、将来のエリートを育てているのだ。

僕は店を出ると、所長に気づかれぬようにそっと息をついた。

所長は四十歳をとっくに過ぎている。正確な年齢は僕にもわからない。

仕事は、人探し。『探し屋』の事務所を開いている。

事務所といっても、従業員は所長と僕のふたりだけだ。

『探し屋』というのは妙な商売だが、仕事の依頼はけっこう多い。人探しは、たいてい探偵社や興信所に頼むものだが、わが社のほうが割安だ。

興信所の仕事は、張り込み、証拠のための写真撮影、聞き込み情報の収集等々、けっこう時間と手間がかかる。

うちはそうしたことにわずらわされないため、基本料金が安いのだ。人件費もあまりかからない。

マスコミからの依頼が少なくない。これはいい金になる。

昔、話題になり、今、どこにいるのかわからないような人物を見つけ出すのだ。

所長も、昔はマスコミ関係の仕事をしていたという。人探しの基本的なノウハウはそのときに覚えたらしい。

マスコミ関係の仕事をしていた、というのはきわめてひかえめな言いかたでしかない。

所長は、ある一流新聞社の敏腕記者だった。

ある日突然社を辞めたということだが、その理由を僕に話してくれたことはない。

僕は、あるコンピューター・ソフトの会社で営業をやっていた。小さな会社だ。バブルがはじけ、本格的な不景気の波がやってくると、その大波に呑まれるボートのように、会社は倒産した。

プログラム・エンジニアたちは、何とかつぶしがきくが、営業要員の僕などは、たちまち職にあぶれてしまった。

職安へ通い、求人雑誌を眺め、仕事を物色していた。

仕事はいくらでもあった。しかし、失業してみて、初めて、プライドという面倒なものに縛られるはめになった。

金のため、と割り切ることができない。大学出のあさはかさだ。

今の事務所に面接に来たのは、本当に気まぐれとしか思えない。

小さな広告が新聞の求人欄に出ていた。「人探し。助手求ム。委細面談」

好奇心をくすぐられた。

「人探し」とは何だろう。その助手というのはどんな仕事をするのだろう。こんな広告を見て、面接に行くやつなどいるのだろうか——。

その結果、僕は事務所へやってきた。

所長は、ひどくぶっきらぼうな感じだった。事務所には来客用のソファがあり、僕はそこにすわらされた。

もちろん茶など出てこない。

所長は、窓のそばに置かれている机に腰をかけた。

「腕っぷしに自信あるか？」と彼はそのとき僕に尋ねた。

自信などない。僕はこれまで、殴り合いをした覚えなどないのだ。

だが、僕はそのとき、ええ、人並に、などとこたえていた。

所長は、僕の顔を見て言った。

「体を鍛えておけ。あすから十時に来てくれ」

そのときの眼を僕は忘れられそうになかった。

何かをあきらめてしまったような眼。それでいて無気力というのとは違う。

僕の顔を見ているのだが、実はまったく違うものを見ているような感じだった。

その眼の表情は、僕が知る限り、どんなときでも変わることはない。

僕がまるっきり腕に覚えのないことは、事務所に通い始めてすぐにばれてしまった。

それでもクビにならず、もう一年経《た》った。所長は雇うときから、おそらく気づいていたのだろう。

岩井政史を探してくれ、と依頼したのは、須藤映一《すどうえいいち》という男だった。チャコール・グレーのスーツを着て黒縁の眼鏡をかけた典型的なサラリーマン・タイプだ。

年齢は三十歳前後。

事務所にやってきた須藤映一はひどく暗い印象があった。彼は、ある弱小クレジット会社に勤めており、岩井政史は、多額のクレジット返済を逃れるため、夜逃げをしてしまったのだと言った。

尋ねもしないのに、むこうから事情を説明し始めた。

これは、珍しいことではない。

所長は、たいてい、依頼人と対象者の間に起こった出来事など尋ねない。対象者を発見するために必要なことだけを質問するのだ。だが、依頼主のなかには、いつの間にか、夢中で自分の過去を話し始める者もいる。

逆に、まったく何も話さない人もいる。名前と年齢、消息を絶ったときの住所を言ったきり、何も言わない。

どちらの依頼にも、所長はまったく同様に対処する。

自分たちの仕事は、対象者の消息をつかむことだ。それ以上のことは決してやらない——そのことを、依頼主にはっきり言って聞かせるのだ。

費用は、基本料かける調査日数プラス必要経費。支払いは現金。

須藤映一は、基本料金を聞いて驚いたようだった。十万単位の金を取られると思っていたのだ。わが社の一日の基本料金は、たったの二万円だ。

須藤映一が必要な書類すべてに書き込みを終え、僕がそれをチェックした。

須藤が事務所から去ると、僕は思っていたことを口に出した。

「クレジットのこげつき……。本当ですかね？　何だか、あの人、思いつめているように見えたけど……」

所長は何も言わない。

所長の言いたいことはわかっていた。

誰かに頼まれて人を探すということは、その誰かの過去を探すということだ。だから、決して余計な関心を持っちゃいけない——。

僕たちは人探しのプロであって、スキャンダルの記者ではないと言いたいのだ。

所長は無口だが、こうした心構えだけは何度も聞かされた。

そして、彼は、最後に必ず、こう尋ねる。

「ところで、おまえ、ちゃんと体を鍛えているか？」

2

『ブルート』を出て、僕たちは車のところへ戻ろうとした。車は路上駐車してあった。古い型のブルーバードだ。

所長は車に凝るタイプではない。都内では車を使わないことのほうが多いかもしれない。都心を車で移動しようとすると便利な点より不便な点がずっと多いのだ。

車のフロントを回って、運転席側に行こうとしていた所長は、ふと動きを止めた。僕の背後を見ている。やはり、表情に変化はない。どこか遠くを見ているような眼だ。

僕は振り向いて、再び『ブルート』店内の緊張に逆戻りした。

五人の男が近づいてくる。『ブルート』にいた客たちだ。皆、若い。二十歳になるかならないかだ。

僕は所長を見た。

所長は、店内でバーテンダーと話をしていたときと同様に、身動きせずやってくる若者たちを見ている。

パーマをかけ、それをリーゼント型にしている者。

髪を赤く染めている者。

長い髪を後ろで束ねている者。

眉を剃《そ》っている者……。

とにかく、皆、奇妙な出立《いでた》ちをしている。口髭を生やしてパンチパーマをかけている者もいるが、いっぱしのヤクザ者に見える。

その五人が、歩道に散らばって立ち止まった。

この一帯は人通りがあまりない。

もし、通りかかる人があったとしても、この連中の風体を見たら、そっと逃げ出すか、よけて通るに違いない。

男たちは、何も言わない。

にやにや笑っているやつもいれば、これから始まるお楽しみを期待して眼を輝かせているやつもいる。

僕はブルーバードに背を押しつけるような形で凍りついていた。ちょうど五人は、ブルーバードを扇形に取り巻いている。

所長がフロントを回り、僕の斜め前方に歩み出た。

「何か用か？」

所長が言った。

その口調には、興奮とか緊張といったものはまったく感じられなかった。日常の会話をしているような調子だった。

相手の五人は何も言わない。

右側にいたリーゼントの男がいきなり殴りかかってきた。

右の長いリードフックだ。

奇襲にはもってこいのパンチだ。喧嘩の口火を切るのにもいい。

所長はそのパンチを左頬に食らった。

リーゼントの男は、鼻か口のあたりを狙っていたが、所長は咄嗟《とっさ》に顔をそむけるようにしてそれを避けたのだ。

相手は喧嘩のオーソリティーだ。

所長は一瞬、足もとが怪しくなり、ブルーバードに肘《ひじ》をついて体を支えねばならなかった。

リーゼントの男が、続いて所長のレバーにボディーブローを叩き込んだ。

周囲の若者たちは、にたにたと笑っている。

リーゼントの男はすぐさま、脾臓めがけて、もう一発ボディーブローを突き上げた。

所長など、若者たちから見れば冴えない中年男に過ぎない。

その中年男は、じきに地面に崩れ落ちるはずだった。

彼らはそれを待って袋叩きにし、蹴りつけるつもりでいるのだ。

しかし、所長は倒れなかった。

リーゼントの男はひどく不機嫌そうな顔になった。

所長は、上体を曲げ、肘をしっかりと脇にひきつけて、相手のボディーブローをブロックしていたのだ。顎を締めて隙《すき》を作らないようにしている。

リーゼントの若者は、何ごとかわめくと、所長のこめかみにフックを見舞おうとした。

所長はさっと前腕を立てると相手の右フックを受けた。

そのまま、受けに使ったほうの腕を伸ばす。掌底が相手の顔面をとらえる。

一瞬、リーゼントの男はひるんだ。

所長は、曲げていた上体をひねりながら、アッパーを相手の顎に突き上げた。

リーゼントは大きくのけぞり、大の字にひっくり返った。掌底の一打で、体勢が崩れ、『虚』の状態だった。そこに、狙いすました強力なアッパーを食らったのだ。誰だってひとたまりもない。

四人の若者は、成行きが予想と違うので、一瞬たじろいだように見えた。

所長は、一発目のリードフックをわざと食らったのだ。殴られたあとがないと、正当防衛を主張してもなかなか認められないものだ。

「おもしれえ……」

パンチパーマに口髭の若者が言った。「殺されたいらしいな」

所長は相手が啖呵《たんか》を切り終わるのを待ってなどいなかった。

パンチパーマの若者に向かって、滑るように小刻みに歩を進めた。間《ま》を詰められたパンチパーマの若者は蹴りを出した。下段への回し蹴りだ。下段を蹴るところが喧嘩慣れしている証拠だ。

所長はまったくおかまいなしに間を詰めていった。相手のローキックはタイミングを外される恰好になった。

うまくすねか足の甲が相手の大腿部にヒットすればローキックは見事な威力を発揮する。

だが、それより遠くても近くても威力は半減するのだ。

相手の膝のあたりが、腿に当たる。それとほぼ同時に、所長は相手の顔面にワンツーを叩き込んでいた。

左と右が、時間差を置いて顔面に炸裂する。相手の歯が飛ぶのが見えた。

眉を剃った若者が所長の左側から殴りかかる。

所長は、それを受けると同時に、相手のすねを蹴っていた。固い靴の爪先をすねに叩きつける。

相手がひるんで棒立ちになった。所長はもう半歩進んで、相手の膝を蹴り降ろした。眉を剃った男は、膝関節をやられて、地面の上を転げ回った。よくて脱臼。悪ければ折れているはずだ。

残りはふたり。

いくら、僕が腕に自信がないといっても見ているだけというわけにはいかない。

僕は、赤い髪の男の相手をすることにした。そいつの前に躍り出る。

とたんに、目のまえがまばゆく光った。

足もとがおぼつかなくなり、腰が浮くような感じがする。鼻の奥がキナ臭い。

さっそく、相手のパンチを食らってしまった。

喧嘩をしている最中は、痛みはあまり感じない。衝撃が体内を走っていくだけだ。痛いのは喧嘩が終わってからだ。

もう一発殴られた。

地面が向こう側からせり上がってくるように感じた。だが傾いているのは地面ではない。こちらの体だ。

僕は、よろよろとよろめいていたに違いない。

何かあたたかなものが鼻から流れていく。鼻血だった。

ぼんやりとした視界に、眉を剃った顔が突然アップで現れた。

やられる。

僕は目を閉じていた。

だが、衝撃はやってこない。おそるおそる目をあけると、所長が眉を剃った若者の襟首をつかんで締め上げていた。

「なぜだ?」

所長が相手に言っていた。「岩井政史を探すことが、なぜおまえたちの気に障《さわ》るんだ?」

「知るかよ」

眉を剃った若者は言った。

僕は、四人の男が、倒れたりうずくまったりしているのを見た。所長はひとりで片づけてしまったのだ。

所長がかぶりを振ってから襟のあたりを握ったまま、そこを支点にして、拳を相手の喉《のど》にねじ込んだ。

眉毛を剃った男は苦しげにもがいた。所長はしばらくその様子を眺めていたが、限界と思われるちょっと手前で、さっと手をゆるめた。

若者は、むせて咳《せき》込んだ。所長はいっこうに表情を変えようとしない。どこか淋しいような眼で淡々と若者の様子を眺めているのだ。

「あんたヤクザか……？」

若者は苦しげに息をつきながら、所長に尋ねた。おびえた眼になっている。

所長は、何も言わず膝を相手の腹に叩き込んだ。

質問しているのはこっちだ、と無言でわからせたのだ。

所長は言った。

「岩井政史はどこにいる？」

「知るかよ……」

そのとき、最初に倒されたリーゼントが起き上がった。ダメージから回復したのだ。彼は手にナイフを持っていた。

銃刀法にひっかかりそうな大型ナイフだ。

「あぶない！」

僕は叫んでいた。

所長はナイフに気づき、眉を剃った男を突き飛ばそうとした。

だが、眉を剃った男は逆に所長にしがみついた。ふたりはもつれ合った。

眉を剃った男は、リーゼントの男に協力しようと考えたわけだ。リーゼントの男が腹のところにナイフを構え、所長めがけて突進しようとしている。

僕は頭に血が昇り、前後を忘れた。

知らないうちに足が地を蹴り、突進していた。

僕はナイフを持った男に体当たりをした。相手の男は、僕のことなど眼中になかったから、完全な奇襲となった。

その男は驚き、あわてた。足がもつれて転びそうになる。

所長はしがみついていた若者の頭に肘を打ち降ろし、さらに、腹か胸のあたりに膝を突き上げた。

若者を振りほどくと、所長はナイフを持ったリーゼントに迷わず向かっていった。リーゼントの男は体勢を立て直したところだった。所長に気づき、ナイフを振りかざそうとする。

所長の動きにはまったくためらいがなかった。近づく勢いを利用して、右のパンチを繰り出す。

野球のピッチングフォームのように全体重を乗せたパンチだ。

リーゼントの男はかわすこともさばくこともできなかった。頬骨にパンチが炸裂する。

リーゼントの男は吹っ飛んだ。もんどり打って倒れ、起き上がろうとしなかった。

所長は右の拳をおさえてしかめ面をした。拳を傷めるほど強烈なパンチだったのだ。

所長は、ブルーバードにしがみつくようにして立っている眉のない男に、あらためて近づいた。

男は完全に萎縮《いしゅく》していた。

所長は男に言った。

「教えてくれたら、たぶん俺は恩に着ると思う。岩井政史はどこにいる？」

所長は冷やかな眼で若者を見ている。

眉を剃っている若者は、一度さっと周囲に眼を走らせた。誰も彼を助けてはくれない。彼はあらためて所長を見た。

所長は黙って見返した。

若者はしゃべった。

3

岩井は、暴走族仲間や女の部屋などを転々としているという。

「やっぱり変ですよ」

僕は所長に言った。ブルーバードのハンドルは僕が握っていた。所長と僕は交替で運転する。

「ただのクレジットのこげつきなんかじゃないですよ」

所長は何も言わない。

右手の甲をしきりにさすっている。傷めた拳がうずくようだ。

僕はさらに言った。

「どうやら、岩井政史ってのは、暴走族か何かのリーダー格らしいじゃないですか。依頼人はきっと嘘をついていますよ」

所長はまだ無言。

「さっきの暴走族だかツッパリだかが僕たちを襲ったのは、岩井政史に近づくな、という警告でしょう？　なんかヤバイことの片棒をかつがされてんじゃないかなあ……」

「だから何だというんだ？」

「え……？」

「俺は、依頼人が岩井という男を探している理由など尋ねはしなかった。依頼人が勝手にしゃべっただけだ」

「そりゃそうですがね……」

僕はその先の言葉を思いつかなかった。

所長は、理由などどうでもいい、と言いたいのだ。依頼人が嘘をつこうがごまかそうが知ったことではないというわけだ。

所長は依頼人と対象者の間に立ち入る気などないのだ。岩井政史を発見すること――それが所長の、そして僕の仕事だ。

岩井は町はずれのマンションにいるということだ。そのマンションには岩井がつきあっている何人かの女のうちのひとりが住んでいるのだ。

玄関に並んでいる郵便受けで、その女の部屋番号を確かめる。三〇二号室だ。

エレベーターで三階へ行き、部屋の位置を確かめる。車に戻り、部屋の窓が見える位置に移動した。

部屋には明かりがついていなかった。人が室内で動く気配はない。双眼鏡を使って張り込みを始めた。

夜の十一時だ。男がふたり、狭い車のなかの暗闇にうずくまっている。

所長は、じっとフロントガラスから三〇二号室の窓を見つめている。彼の辛抱強さに、僕は驚きを通り越してもはやあきれてしまう。

張り込みはひどく辛い作業のひとつだが、所長は決して音《ね》を上げない。まるで自分を罰してでもいるかのように耐え続けるのだ。

所長が優秀な新聞記者だった理由のひとつかもしれない。

「まだ礼を言ってなかったな……」

所長がぽつりと言った。

「はあ……？」

「おまえが体当たりをしなかったら、俺は刺されていた」

「夢中でしたから……」

「すぐに判断を下せるようにトレーニングしろ。そして判断を下したら、迷わず行動するんだ。一瞬の迷いのために命を落とすこともある」

「はい……」

それきり所長はまた口を閉ざしてしまった。

午前一時過ぎ。

派手なエンジン音が近づいてきた。国産のスポーツ車だ。エンジンをいじっているようだ。

そのスポーツ車がマンションのまえに駐まった。

まず女が助手席から降りて来た。続いて運転席から男が降りる。男女は何ごとか言って笑い合った。

「来た」

思わず僕はそう言っていた。双眼鏡のなかの顔は、依頼人の須藤に渡された写真に写っていた男のものだった。「間違いありません。岩井政史です」

所長は無言でうなずき、身を乗り出した。三〇二号室の窓を見つめている。

ややあって三〇二号室の明かりがついた。

所長は時計を見た。

「部屋を見張っていてくれ。電話をかけてくる」

所長は依頼人の須藤に電話をかけに行ったのだ。夜中だが、所長は気にしない。

発見した時点で報告をする。

報告してしまえば、あとは対象の人物が移動しようと、また姿をくらまそうと、
責任の範囲ではない。

所長は未だに公衆電話を使う。携帯電話や自動車電話のほうが便利に決まっている。なのに、そうしたものを持とうとしない。

しばらくすると、所長が早足で戻ってきた。

所長は難しい顔をしていた。

「どうかしましたか？」

助手席にすわると、所長はこたえた。

「これからここへ来るから、それまで見張っていてくれと言うんだ」

「須藤氏がですか？」

「そうだ」

「それで……?」

「断わるわけにはいかん。正当な依頼だ」

仕事をいやがるような所長ではない。浮かない顔をしている原因はほかにありそうだった。

例えば、依頼者の須藤がここへやってくることが明らかに問題なのだ。

血なまぐさいトラブルになるような雲行きだった。もちろん、所長はそのことに気づいている。

須藤がここへやって来たら、僕たちはさっさと姿を消さなければならない。須藤が何をしようと、わが事務所には関係のないことだ。

その場にぐずぐずしていたら、面倒な事件に巻き込まれるかもしれない。それだけは避けねばならない。

須藤は二十分ほどでやって来ると言ったらしい。住んでいる場所がそれほど離れてはいないのだ。

それも、おそらく偶然ではない。

言葉のとおり、須藤は二十分後に現れた。白い大衆車に乗ってやって来た。

ジーパンに地味なセーターを着て、ジャンパーを羽織っている。

所長は須藤に近づいていった。須藤はすぐに気づいた。

僕はあわてて所長を追った。

「岩井は部屋ですか?」

須藤は所長に尋ねた。

所長はうなずいた。

「三〇二号室」

今度は須藤が無言でうなずいた。彼は、所長に軽く会釈をすると、マンションのほうへ歩き出した。

そのときの表情がひどく気になった。

「待ちなさい」

所長が言った。

須藤が立ち止まり振り向いた。何も言わない。

「私たちがいっしょに行きましょう」

僕はその言葉に驚いた。

依頼人のスキャンダルに関心を持つな。依頼人のトラブルに巻き込まれるな――

いつもそう言っている所長の言葉とも思えなかった。

　須藤も意外に思ったようだった。彼は尋ねた。

「どうして……」

「人探しが成立したかどうか、この眼で確認するためです」

「その必要はない。契約は私がここへやって来た時点で終わりだ。費用も間違いなく支払う」

「そういう問題じゃないんです。つまり、これが私の仕事のやりかたなんですよ。必ず確認を取る……」

「いや……。それは……」

「私たちがごいっしょして、何か都合の悪いことでも……？」

「そんなことはない。しかし……」

「では、行きましょう」

「だめだ。君たちを連れていくわけにはいかない」

「復讐を私らに邪魔されたくない、と……？」

「何のことだ？」

「だいたい見当はつきますよ。あなたの態度を見ればね……。あなたは人間が命のやりとりをするときの顔をしている」
「ばかな……」
「心配はいりません。私は、あなたのやることを邪魔しようとは思っていません
よ」
須藤は、しばらく所長の顔を見つめていた。ひどく当惑しているのがわかった。
所長は復讐と言ったが、それが的を射ていたに違いない。
須藤はそれから僕の顔を見た。
そのとき僕がどんな顔をしていたか、自分でもわからなかった。
彼は、もう一度所長の顔に視線を戻した。そのときにはもう戸惑いの表情は消え
ていた。
彼は言った。
「恋人が、ひどい目にあったのです。結婚するはずの女性でした」
訴えるような口調だった。「岩井たちは、このあたりで暴走行為を働き、暴行な
ど悪事のやり放題なのです。私の恋人は、彼らに連れ去られ、監禁されて、何度も
レイプされたのです。やつらは、自分の楽しみのためなら、他人が不幸になること
など何とも思っていません」

須藤の口調は熱を帯びてきた。

話しているうちに、怒りがこみ上げてきたのだ。

かつて、女子高生をコンクリート詰めにしたという事件があった。

あの事件は、たまたま女子高生が衰弱死したから、世間に知れ渡ることになったのだ。

犯人たちは死体を処理しなければならず、コンクリートのなかに埋め込もうとした。マスコミはそのことに対して異常性を強調したが、問題は死体の処理方法などではない。

ひとりの女子高生が、衰弱死するまでなぶられ続けたという事実だ。

犯人たちは罪を犯しているという意識を持っていなかった。そのことが異常なのだ。

そして、あの事件は氷山の一角でしかない。今でも、あのようなレイプ事件や監禁事件は毎日のように起きているのだ。

暴走族やそれに類するようなツッパリは、夜の街でナンパした女の子を輪姦する。それは、彼らにとってはもはや特別なことではない。遊びでしかないのだ。

「岩井ら三名は、検挙されました」

須藤が言った。「運がよかったのです。目撃者が証言してくれましてね……。だが、そのあとが悪かった。岩井らはまだ少年だから、少年院に送られただけだった……」

「そんな……」

僕は思わずそうつぶやいていた。「強姦は罪ですよね」

須藤はかぶりを振った。

「岩井たちは、普段の暴走行為のみ処罰されたのです。強姦は立証できなかったのです」

「被害者の証言があるじゃないですか」

僕は尋ねた。

「証言できる状態じゃなかったのです」

須藤の言葉からみるみる力が失せていった。彼は、ひどく疲れたときのような声で言った。「彼女はまだ病院にいます。精神科の……」

僕は言葉が見つからず、かぶりを振っていた。

所長が言った。

「あんたは、依頼にやってきたときから、訊かれもしないことをぺらぺらとしゃべりたがる……」

「え……？」

「私は事情を訊いた憶えは一度もない」

「しかし……」

「いっしょに行くと言っただけです。そのあと、あなたが何をしようと、私たちには関係ありません」

須藤はまたしても驚いた顔をした。しかし、彼はすぐに自制を取り戻した。

彼は力なくうなずくと言った。

「いや……。おっしゃるとおりです……。事情を聞いていただけただけでもよかったと思います」

須藤は歩き出そうとした。

そのとき、マンション脇の暗がりから人影がゆらりゆらりと歩み出てきた。

四人いる。

街灯の明かりに照らし出される。岩井の仲間であることは一目でわかった。

さきほどの五人とは別の男たちだが、恰好は似たようなものだった。

彼らが戦闘服と呼ぶ丈の長い上衣に、サラシを巻いた若者。

角刈りにして、剃り込みを入れている者。

暴走族やツッパリの間では定番となっているリーゼント型のパーマをかけた男。

そして、マスクをかけている男——。

「どうしても、岩井のところへ行かせたくないらしい」

所長が言った。

「彼らはこうしてお互いをかばい合ってるんです」

「おびえているのさ。あんたみたいな男がいるからな……」

「どうするんです?」

僕は所長に尋ねた。

所長は言った。

「どうやらいっしょに行けなくなった。ひとりで行ってくれ」

須藤はうなずいた。

四人組が近づいてくる。

所長が一歩前に出た。四人を見ている。その眼は、いつものもの、何かをあきらめてしまったような眼だ。

四人のほうを見ながら、所長は僕に言った。

「さっきみたいなガッツをもう一度見せてくれ」

僕はうなずいた。

「はい」

四人は手に得物を持っている。

戦闘服を着た少年が木刀を持っている。木刀の柄《つか》の部分には滑り止めにアスレチックテープを巻いている。

角刈りに剃り込みの男は鉄パイプ。やはりテープを巻いている。

リーゼントのパーマをかけた男とマスクをかけた男はヌンチャクを持っていた。

「うらあ！」

戦闘服の男が吠《ほ》えた。

木刀を片手で振りかざして突進してくる。所長は、わずかに膝を曲げてためを作った。

僕はその場から逃げ出したかった。だが、逃げるわけにはいかない。

木刀が空気を切る音が聞こえる。

すさまじい勢いだ。頭にくらったら即死しそうだ。

肩に当たったら、鎖骨がくだけ、それだけでも戦闘能力をなくしたはずだ。

所長は退《ひ》かなかった。

喧嘩の場数を踏んでいるせいで、こういう場合、後ろへ退いたほうが危いことを知っているのだ。

木刀をかいくぐるようにもぐり込み、同時にボディーブローを出す。

カウンターで決まった。

戦闘服の男は一瞬動きを止めた。

すかさず所長はアッパーを突き上げた。顎に決まる。

戦闘服の若者はひっくり返った。所長はその若者から木刀を奪った。

その木刀を僕に放った。

あわてて、僕はそれを取り落としそうになった。所長が僕に木刀を放ったのは、それで援護をしてもらいたいからに違いなかった。

ヌンチャクを持ったパーマの男が所長に襲いかかった。

ヌンチャクは先端が最も危険だ。だが中間の鎖の部分を抑えれば何とか制することができる。

所長はそれを熟知しているようだ。

そして、ヌンチャクは、振り切った瞬間に、普通の棒状の武器よりも隙ができやすい。

所長は相手がヌンチャクを右から左へ横に振った瞬間に飛び込んだ。ヌンチャクを持った手を制する。

そのとき、マスクの男が、所長の背にヌンチャクを振り降ろそうとしていた。

僕は木刀を振りながら、マスクの男めがけて突っ込んだ。

マスクの男はあわてて、ヌンチャクで顔面と頭部を守らねばならなかった。木刀は肩口や背に当たったが、たいして効いているようには見えなかった。

喧嘩のときはこんなものだ。力んでいるせいで、一撃に威力がなくなる。

その点、所長は見事だった。

パーマの男の右手を制すると、そのまま、頭突きを顔面に叩き込んだ。

パーマの男はよろよろと後退する。脳震盪《しんとう》を起こしかけているため、足もとが定まらない。鼻血を流し始めた。

そのとき、マンションの玄関への道が開いた。

「今だ。行け!」

所長が須藤に言った。

須藤は弾かれたように駆け出した。

所長は、頭を振っているパーマの男に、狙いすましたフックを見舞った。

相手は、体をひねり、そのまま尻餅をついた。所長はヌンチャクを取り上げた。

角刈りに剃り込みをいれた若者が鉄パイプを肩にかつぎ、ゆらゆらと歩み出てきた。この若者が一番リラックスしている。四人のなかでは格が上のようだ。

つまり、それだけ悪《ワル》だということだ。

所長はヌンチャクをだらりと垂らしていた。鉄パイプをかついだ男は、一度立ち止まった。

所長は、ヌンチャクを垂らしたまま、ほぼ棒立ちで相手を見ている。

僕は、マスクの男をけん制していた。

角刈りの男は、じりじりと間を詰め始めた。

所長は動かない。

すでに鉄パイプがとどく距離だ。角刈りの男は、まだ詰めてくる。

突然、所長がわずかに退がった。

引き込まれるように角刈りの男は、鉄パイプを振りかざして突っ込んできた。

大声を上げながらすさまじい勢いで鉄パイプを振り降ろす。

しかし、そのとき、所長が狙いすましてヌンチャクを振り上げた。

先端が相手の顎をとらえる。

ぱっくりと顎がさけた。血が噴き出し、角刈りの男は片膝をついた。

その瞬間に、所長は容赦なくヌンチャクを振り回した。相手の頭や顔面にたちまち十数発を叩き込む。角刈りの男は眠った。

所長は肩で大きく息をしていた。

さっと、ひとり残ったマスクのほうを見る。その眼は戦いのなかで、不思議なほどおだやかだった。

しかし、マスクの男にはおそろしい形相に見えたのだろう。

僕が、大声を出し、木刀を一振りすると、マスクの男は逃げ出した。

そのとき、銃声がした。

僕ははっとあたりを見回した。おそらく、銃声は三〇二号室からしたのだろう。

誰が誰を撃ったのかはわからない。

所長がヌンチャクを放り出して言った。

「さあ、仕事は終わった。帰るぞ」

ブルーバードのほうに歩き出す。

僕はそのあとを追うのが精一杯だった。

翌日の新聞に、須藤映一が逮捕されたという記事が載っていた。

須藤は所持していた拳銃で岩井政史を撃ち、自首したのだという。

岩井は重傷だが一命は取りとめたらしい。須藤は人殺しにならなくて済んだというわけだ。

所長はなぜ、あのとき須藤に手を貸す気になったのだろう。

僕はそのことを考えていた。

理由は本人にしかわからない。しかし、何だか理解できそうな気がした。

人間は生きていくために大切にしなければならないものがある。たぶん、そういった類《たぐい》のことなのだ。

だから、僕は、その理由を尋ねなかった。尋ねてもこたえてくれるとは思えない。

所長はコーヒーカップを持って、椅子を真横に向け、窓の外を眺めている。

遠くを見るような眼だった。

空手道・内海道場

1

「先生。蒲郡《がまごおり》が妙なことを言ってます」

咲田《さきた》が道場から奥の母屋へやって来て言った。

「蒲郡だと……？」

内海剛造《うつみごうぞう》は訊《き》き返した。「あいつの言うことなどにまともに耳を貸す必要はない」

「しかし……」

咲田は、自分にはあまり関係はないし、どうでもいいことなのだが、一応報告すべきことはしておいたほうがいいだろう、といったいつもの態度で、言った。「今度は、かなり入れ込んでいるようです。僕たちの意見をまったく聞き入れようとしません」

「いつものことではないか」

「本人だけの問題ならいいのですが……」

「何だ？」

「内海道場の看板に傷がつくかもしれません」

「どうしておまえは、そういうことを、眉ひとつ動かさずに言えるのだ」

「事実ですから」

「冗談ではない。この道場は、私が苦労して一代で築き上げたのだ。蒲郡などに名を汚されてたまるか」

「では、話をお聞きになったほうがよろしいのではないですか？」

内海剛造は、ううぬ、とうなって咲田ののっぺりとした無表情な顔を見つめた。

咲田は、どちらかといえば整った顔立ちをしている。東洋的な容貌で、いわゆるショウユ顔の系統だ。

女性にもててもおかしくない姿形をしているのだが、あまりに感情表現がとぼしく、したがって、結果として、女性は敬遠してしまうのだった。

内海剛造は、そんな咲田の顔を見つめていたが、その表情からは何も読み取れぬと判断して、尋ねた。

「蒲郡のやつ、今度は何を言い出した？」

「グローブをつけて殴りっこがしたいというようなことを言い出しました」

「フルコンタクトか……」

「近々、どんな団体も参加自由という試合が開かれるということです」

「何でまた蒲郡は、そんな試合に出ようなどと考えたのだ？」

「根が単純な男ですから……。ある空手会派のビデオを見て刺激されたようです」

「私の指導では不足だと言うのか？」

「僕を睨まんでください。蒲郡に言ってくださいよ」

「ぬ……。やつはどこにいる？」

「道場にグローブを持ち込んで、何かやってますよ」

「まったく……」

内海剛造は立ち上がり、道場に向かった。

彼は幸運の固まりのような男だった。彼は、空手の道場主だが、今時、空手の道場経営などうまくいくはずがない。

全空手人口のうち、空手の指導だけで食べている人は、ほんの一握りだ。あとは職業を持ちながら、いわばボランティアのような形で弟子や後輩の指導に当たり、また、地域の連盟を組織し、試合などを運営しているのだ。

内海剛造は、若い時分から、まったく仕事のことを考えていなかった。

武道三昧《ざんまい》に生きてきたのだ。

まず、首里手《しゅりて》系の空手から、彼の武道人生は始まった。

空手には、首里手、那覇手《なはて》、泊手《とまりて》の三系統があり、それぞれに特色がある。

首里手は、最も突き蹴りが伸び伸びしており、スマートな感じがする。『公相君《クーシャンクー》』の型や『五十四歩《ゴジュッシホ》』『鎮闘《チントウ》』などの型が首里手の系統だ。

一方、那覇手は、きわめて重厚な感じがする。足運びも大きくなく、体の締めを重視する。

首里手が多くの流派に分派したのに対し、那覇手は、ほぼ剛柔流《ごうじゅうりゅう》一派に代表されている。

『三戦《サンチン》』『砕破《サイファ》』『久留頓破《クルルンファ》』などの型は那覇手系の型だ。

泊手は、どちらかというと首里手に近いが、変則的な手技が多い。

『抜塞《バッサイ》』は泊手の代表的な型だ。

内海剛造は、首里手系のある流派で学生時代から空手を学んでいたが、そのうち、縁あって、中国武術の『形意拳《けいいけん》』を学んだ。『形意拳』の師は、台湾出身の人間で、きわめて実戦的な武術を教えてくれた。

その後、武術そのものの魅力につかれた内海剛造は、日本の古武道を探訪した。

そして、『天真古流《てんしんこりゅう》』『浅山一伝流《あさやまいちでんりゅう》』などの柔術および『鞍馬流《くらまりゅう》』などの剣術を学んだ。

夢中で武術を修行した結果、彼は、空手を基本とした、きわめて総合的な武道の流派を作り上げることができた。

だが、それだけで生活していくことはできない。

日本では武術家はたいてい冷飯を食っている。

内海も早くから海外に飛び出したひとりだった。彼は、各地でデモンストレーションを行い、実力で弟子を獲得していった。

内海の名は日本より海外で有名になった。そうした活躍がある日本の古参武道愛好家の眼にとまった。

その武道愛好家はかなりの資産家であり、道場を提供しようと言ってくれた。資産家にとっては税金対策でもあったのかもしれない。

内海はパトロンのもとでのうのうと生きるのをいさぎよしとしなかった。

だが、こうしたチャンスを逃す手はない。ここが、内海剛造のこだわりのなさなのだが、彼は、格安でその資産家から屋敷を賃借することにしたのだった。

敷地内の土蔵をこわし、庭のスペースを利用して道場を作った。

その資産家はすでに亡くなったが、格安の賃借という約束はずっと生き続けている。彼が道場を首都圏内に持つことができたのには、そうした例外的な事情がある。

伝統的な武術にたずさわる者が、自分の道場を首都圏に持つというのは、それほど珍しいことなのだ。

2

蒲郡は、実に精力的な感じの男だった。

事実、精力があり余っているのかもしれない。内海道場の稽古だけでは満足しないのか、さまざまなものを道場に持ち込もうとする。

彼は、後輩のひとりにグローブをつけさせ、自分もグローブをつけて打ち合っていた。

「こらこらこら」

内海が大声で言った。「何をしておる、何を！」

道場内にいた門弟たちがその場で内海に礼をした。

「あ、先生……」

蒲郡は無邪気とも言える笑い顔を見せる。

「こら、蒲郡。それは何のまねだ？」

「何って……。スパーリングですよ、スパーリング」

「ばかたれが。いつからここはボクシング・ジムになったんだ?」

「遅れてますよ、先生。最近では、自由組手のことをスパーリングと呼ぶところが増えているんですよ。海外からの選手も増えてますしね……。空手も国際化しなくちゃ……」

「そんなものを国際化などとは言わん。海外へ行ってみろ。外国人は、空手にボクシングのテクニックを期待しているわけじゃない。空手の技を期待しているんだ」

「時流ですよ、先生。空手も進化するんです」

「ぬかせ。空手本来の修行をおろそかにして、何が進化だ。試合競技自体が空手本来の技を失わせているのだと、なぜわからん?」

「試合競技が空手の技を失わせている?　どういうことですか?」

「おまえは、いつも私の話を聞いていないのか?」

「聞いてますよ」

「ならば、わかるはずだ」

「おまえ、わかるか?」

蒲郡は咲田に話を振った。

咲田にはこたえる気もなかった。

内海が酒の席でいつも言っていることだった。

古来、武道の世界では口伝《くでん》ということが重視される。奥義や極意といったものは口伝で伝えられるのだ。

初伝《しょでん》、中伝《ちゅうでん》、奥伝《おくでん》と免許は進んでいくが、その際に師範から与えられるのは、目録だ。

技の名が列記してあるだけだ。

それに、口伝による覚え書きを自分で書き足していく。この覚え書きを、手びかえというが、目録と手びかえがそろって初めて秘伝書が完成するのだ。

そして、この口伝というのは、道場で伝えられるのではない。

師との日常の会話のなかにヒントが隠されている。

武術の師は、ありとあらゆる事象に流派の理念をあてはめて、何とか奥義を伝えようとする。

口伝は、酒の席で伝わる場合が多い。酒をくみ交しながら、武道談義が始まり、その際に道場では決して伝わらぬ技の真実が伝えられたりする。

内海も、酒の席で口伝を与えることが多い。咲田や蒲郡はよく、内海と酒を飲むが、蒲郡はきわめて陽気な酒で、いつもどんちゃん騒ぎを始めてしまう。

同じ酒の席にいても、咲田は内海の話をよく聞いているが、蒲郡は聞いていない。聞いていても、泥酔するため、翌朝には忘れていることが多いのだ。

内海剛造は決して気が長いほうではない。だが、ここは大切な場面だと考え、気を鎮めようとつとめた。

「いいか、蒲郡。武道の技というのは、先人が文字どおり血みどろで工夫し、練り上げたものだ。その技を積み重ね、それを磨き続けると、やがてひとつの理念にたどりつく。理念を悟ったときに流派が生まれる。その理念を追究するのが武道の修行だ」

「わかってますよ」

「いいや。わかっていないから、グローブをつけて打ち合ったりするのだ」

「山の頂上はひとつだが、それに至る道はたくさんある——先生はいつもそうおっしゃっているじゃないですか。こういうのもひとつの道でしょう？」

「……都合のいいことだけは覚えているんだな……。いいだろう。確かに私は、道はたくさんあると言った。その道は、頂上に向かう道でなければならない。おまえがやっているのは山林に迷い込む道でしかない。林のなかを迷走したあげく、疲れ果ててしまう。私は、弟子を頂上に至る道へ導かねばならない。道を外れて山林へ迷い込もうとしている弟子を、正しく案内してやるのが武道の師のつとめなのだ」

「悔《くや》しくはないですか？」

「悔しい？」

「フルコンタクト空手の連中は、やれ寸止めは実戦の役に立たないだの、伝統空手は型ばかりやっていて弱いだのと、好き勝手言うんですよ」

「放っておけ。自分が信じている強さを追究すればいいのだ。他流派のやっていることを批判したがるのは、自分がやっていることに自信のない連中だけだ。本当に強い者は、滅多なことは言わんはずだ」

「現役の選手がわれわれのことを批判することはあまりありません。問題は、自分ではあまり格闘技をやったことのない格闘技フリークです。そういう連中が、間違った発言をするのが許せんのです。知ったかぶりをした漫画家や小説家が、われわれのことを寸止め空手だの非実戦的空手だのと言うのを見たり聞いたりするたびに、腹が立ってしょうがないのです」

「実際に、試合では寸止めルールを採用しているのだ。しかたがないだろう」

「しかし、練習の地稽古では、実際に打ち合ったり投げたりしているんです。それを知らずに、軽薄な漫画家や小説家が……」

「だから、自分で武道にたずさわっていない者にとっては試合がすべてなのだ。試合を見ることでしか何かを語れないのだからな。だが、われわれ修行者にとっては、試合などごく一部の単純なテクニックを競う場でしかない。突きと蹴りのスピードを競うだけなのだからな。空手本来の技はあんなに浅いものではない。試合とは間合いも違う。タイミングも違う。使いどころも違えば、狙う場所も違う。それは、人には見せられない。見せたとき、相手はおそらく眼をえぐられ、喉仏《のど》をつぶされ、金的を蹴り割られているからな……」

「それは反則です」

「あきれ果てたやつだ……。だから試合と実戦は違うものだと言ってるんだ。例えば、喧嘩は、町中で突然始まる。こう、隣り合ったカウンターの席にすわっていて始まったりするのだ。肩が触れ合うような間合いだ。こんな近間《ちかま》で、突きが役に立つか？　酒場には椅子やテーブルが密集している。そんなところで、回し蹴りが出せるか？」

「突き蹴りは役に立ちませんね……」

「そうだろう。そういうときは、こうするんだ」

内海剛造は、つ、とわずかに足を寄せると、手刀で蒲郡の顔面を斜めに切り上げた。

手刀から前腕の外側までを使っている。

「あ……」

蒲郡の顔はぐいと横に振られた。殴ったのではなく、手刀で顔を向こうがわにそむけてやったという感じだ。

その状態で小さく足を払った。

蒲郡は見事にひっくり返った。内海剛造はすかさず、両手で喉を決めた。

喉仏の両側にある水突《すいとつ》のツボ、頸部の脇にある天鼎《てんてい》、藏血《ぞうけつ》のツボを同時に決めている。

蒲郡はまったく身動きがとれず、苦しみと痛みに驚いた。

技は一瞬で決まっていた。

見ていた門弟にも何が起こったかわからない。技はごく単純だった。内海は、まったく力を必要としていなかった。

蒲郡は立派な体格をしている。一八〇センチの身長があり、八五キロの体重がある。恵まれた体格でしかも鍛え上げていた。

内海はせいぜい一七〇センチ。体重は六〇キロほどしかない。

体格の差などまったく関係はなかった。

蒲郡は、あわてて床を叩いた。

技が充分に効いているという合図だ。

内海は手を離して立ち上がった。蒲郡の手を引いて立ち上がらせる。

「手刀はこうして使う。掌底も同じだ。こういうのが実戦の技だ」

咲田は、もとより納得していた。

他の門弟も納得した。誰も内海の強さを疑っていない。

事実、内海は海外で巨漢の選手を相手に演武をやり、弟子を獲得してきた実績があるのだ。

内海の演武は事前の打ち合わせがない。ぶっつけ本番で相手を選び技を披露するのだ。

だが、蒲郡は釈然としない表情だった。

「そりゃわかりますよ。でも、充分に間合いがとれる場所で喧嘩が始まり、殴り合い蹴り合いになることだってないとは言えないでしょう」

「蒲郡……」

咲田は言った。「喧嘩は単なる喩《たと》え話だ。先生がおっしゃりたいのはそういうことじゃない」

「殴り合い蹴り合いの技術だって大切でしょう。喧嘩で殴り合いになったら、誰でもほぼ百パーセント顔面を狙っていくでしょう。そういうケースに一番近いのはグローブをつけた打ち合いじゃないですか？」

「ええい。もう、おまえに語る舌など持たんわ」

内海剛造は、さっと蒲郡に背を向けて道場を出て行った。

門弟たちは、内海剛造が機嫌をそこねたことにはらはらしていた。とばっちりを食うのではないかと不安になったのだ。

指導者の機嫌が悪いとろくなことはない。

咲田ひとりが平然としている。

いや、実は咲田もあわてているのだが、それが表に出ないのだ。

「先生を怒らせてしまったぞ」

咲田が蒲郡に言った。

「そうか？」

「そうか、じゃない」

「俺は思っていることを言ったまでだが……」

「言いかたというものがある」

咲田は内海剛造のあとを追った。

「先生」

道場を出た庭で、咲田は内海剛造に追いついた。

「まったく、あいつにも困ったものだ。そんなに殴りっこがやりたければ、そういう道場に移ればいいのだ」

「破門にしますか？」

「破門？」

「あいつがいないと、この道場がいかに平穏か……」

「よくそういうことを平気な顔で言えるな……。破門などというのは、私にとってみれば子供を勘当するも同然なのだぞ」

「あんな子供なら、僕はいりませんね」

「それは弟子を持ったことがないから言えるんだ」

「そんなもんですかね」

内海の怒りは鎮まっていた。咲田の不思議な能力だった。

咲田と話をしていると、たいていの人は怒っていることがばかばかしくなってくるのだ。

「そんなもんだ」

内海剛造は言った。「それに、おまえ、平穏な武道の道場なんて、何がおもしろいんだ?」

「はあ……」

「あいつは、試合に出る気だろうな……?」

「……でしょうね。強情なやつですから……」

「ふむ……。日時と場所を聞いておいてくれ」

「どうなさるのです?」

「どうするって……、見に行くんだよ。おもしろいじゃないか」

「はあ……」

3

「新カラテ・グローブマッチ・トーナメント」は、都内S区の区立体育館で行なわれた。

主催するのはフルコンタクト空手の新興流派『修拳会館』だが、どの流派、あるいはどの格闘技でも参加自由だ。

グローブをつけるルールなので、どの格闘技も参加自由とはいえ、かなり制限されることになる。

組んで投げたり、関節技などが中心の格闘技・武術は不利になるからだ。

結局、参加者のほとんどは『修拳会館』の門下生で、それに、他流派の空手の選手、そして、中国武術やムエタイの選手が加わった形で試合がスタートした。

蒲郡は、一回戦で、『修拳会館』の実力者と当たることになった。

内海は、デニム地の帽子を目深にかぶり、サングラスをかけていた。おまけにマスクまでしている。

咲田が同行していたが、咲田も、アポロキャップにサングラスという出立《いでた》ちだった。

「先生……」

咲田が言った。「こういう変装はかえって逆効果じゃないですか?」

「なぜだ?」

「見るからにアブナイ感じですよ」

「蒲郡に気づかれなければいいんだ。さ、試合が始まるぞ」

蒲郡の相手選手は沢渡《さわたり》といった。『修拳会館』若手のホープだ。

蒲郡は緊張しているように見えた。

審判が「始め」の号令をかける。

沢渡は、左手を前方に突き出し、右手のグローブを、顎《あご》に押しつけるようにして構えている。

蒲郡はアップライト・スタイルだ。左右のグローブを、顔面の高さまで上げている。

膝は軽く曲げた程度で腰は落としていない。

「何だ、あの構えは」

内海剛造は舌を鳴らした。

咲田が言った。

「フルコンタクト空手ではポピュラーな構えですよ。ムエタイから学んだようですね」

「そんなことは知っている。構えが様になっとらんと言ってるのだ」

「慣れていないのでしょう。蒲郡はフルコンタクト制の試合に出るのは、これが初めてですからね」

「ふん……。相手の選手のほうが、妙な構えだが様になっておるわい」

「そうですね……」

「気が腹に降りている。腰は高くても気がどしっと落ちていれば構えは安定する。剣の構えがそうだ」

「沢渡というらしいですね、あの選手。ずいぶん変則的な構えですが、あの構えで経験を積んでいるようですね」

「変則だが、どこかで見たことがあるな、あの構え……」

「そうですか？」

先に動いたのは蒲郡のほうだった。

左のジャブを出す。けん制するような軽いジャブだ。

フットワークを使っている。

最近では、若い選手を中心に寸止めルールの試合でもさかんにフットワークが使われる。

蒲郡のステップはなかなか軽快だった。

左のジャブが相手の顔面をとらえる。沢渡は、顔面を打たれても、構えを崩さない。

顎にぴたりと当てた右手のグローブが、首を支え、ダメージをはね返しているのだ。殴り合いによって培《つちか》われたテクニックのひとつだ。

ボクサーやムエタイの選手から学んだ手法に違いない。

蒲郡は、右のフックを何度か出すが、大振りすぎて当たらない。

「見ろ」

内海剛造は言った。「グローブをつけたとたん、技はグローブに規定されてしまう」

「どういうことです？」

咲田は尋ねた。

「素手で戦うときとグローブで戦うときは、テクニックはまったく別のものになるんだ。やってみるとわかるが、グローブをつけて打ち合うと、やたらにグローブ同士がぶつかる感じがする。そして、相手の防御の間を攻撃が通りにくい。素手の拳であれば楽に通るのだが、グローブをつけると通らない。人間の急所というのは正《せい》中線《ちゅうせん》に並んでいるから、防御というのは正中線を守ることが主となる。ストレート系の技が正中線になかなか決まらない。いきおいパンチはすべてフック系になる」

「なるほど」

「グローブをつけた場合のテクニックではボクシングに及ぶものはない。それに蹴りを加えた場合、ムエタイに及ぶものはない。空手家がグローブをつけたとたん、その技はムエタイになってしまう。だから、ムエタイをタイ式キックボクシングと呼ぶように、フルコンタクトの連中は日本式キックボクシングを名乗ればいい。あんなものを空手と呼ばれるのは迷惑だ」

「先生……」

咲田は静かにたしなめた。「場所をわきまえてください」

「ふん。かまうものか」

蒲郡が上段回し蹴りを出そうとして、体を開いた。

その瞬間に沢渡は動いた。

前方にあった右足の膝を深く折る。その前傾する勢いをすべて乗せて、肩口から右のパンチを出す。そのパンチを、思いきり振り切っていた。

ピッチャーの投球モーションのような力感あふれるパンチング・フォームだった。

そのパンチが蒲郡の頬をかすめる。

そのまま蒲郡はすとんと尻餅をついた。すぐさま蒲郡は立ち上がったが、足がふらついていた。

審判は蒲郡の眼をのぞき込んだ。沢渡に技ありをひとつ与え、試合続行を命じた。

技ありがふたつで一本となり、一本を先取したほうが勝ちだった。

パンチや蹴りなどの技がクリーンヒットして、完全にダウンした場合、一本となる。それ以外の場合は審判の判断にゆだねられる。

蒲郡の場合、ダウンを取って相手の一本勝ちにしてもよかった。

しかし、パンチの打撃が浅く、蒲郡の戦意も衰えていない。

試合時間もまだ残っているので、続行させることにしたようだった。

「思い出した」

内海剛造が言った。

「何ですか、急に……」

「あの沢渡という選手の構えとパンチ……。どこかで見たような気がしていたんだ……」

「何です?」

「『無門会』だ。天才空手家・富樫宜資《とがしよしもと》の『無門会』が使う構えに似ている」

「へえ……。あの選手、いろいろ研究しているみたいですね」

「しかしな……」

「は……？」

「あれは『修拳会館』の選手なのだろう。どうして他流派の技や他の格闘技のテクニックに頼るのだ？」

「基本的にフルコンタクトというのは、がまん比べですからね。キックとパンチ以外の練習はやらないんじゃないですか？　技は選手個人が工夫するしかないのでしょう」

「それでは何のための流派なのだ？」

「だから、彼らはナントカ流とは言わず、〝会〟を名乗るのですよ」

蒲郡は慎重になった。

技ありをひとつ取られている。あとひとつ技ありを取られたら負けてしまうのだ。

沢渡は、左手を前に突き出し、右手を顎の横に引きつけた独特の構えで蒲郡にじりじりと迫っていく。

蒲郡は間合いを取るために退がっていく。

「ばかが……」

内海は言った。「相手の構えを見てわからんのか。退がったら思う壺だ」

沢渡は左手で距離を計りながら、右のパンチを振り切った。空気を切る音が内海たちのところまで聞こえてきそうだった。

うなるようなパンチだ。

(やられたか……)

内海も咲田もそう思った。

あのパンチを食らってはノックアウトは間違いなかった。

沢渡は、ただひたすらパンチを叩き込むチャンスだけを待っていたのだ。

蒲郡が退がり始めたとき、そのチャンスが訪れた。

沢渡にとって恐ろしいのはカウンターだけだった。相手は自分のパンチを受けることもよけることもできない——沢渡にはそういう自信があった。

それだけの実績もあった。

沢渡の、肩口から一気に振り切るパンチに対抗できるのは、同じタイミングでやってくるカウンター攻撃だけだ。

カウンターというのは狙っていなければ出せない。

守りに回ったり、気持ちが引けているとき——つまり、ずるずると退がっているようなときに、カウンターは出せないのだ。

沢渡のパンチは蒲郡の顔面をとらえた。

それで勝負は決まりのはずだった。

だが、蒲郡も意地を見せた。

パンチが来ると同時に、思いきりローキックを叩き込んでいたのだ。

次の瞬間、蒲郡と沢渡の両方がダウンした。

ダブルダウンだ。

「ぬ、勝負はどうなるのだ?」

「ええと……」

咲田はパンフレットを開いた。「通常ならダウンした時点で一本となりますが、ダブルダウンの場合、カウントを取り、先に立ち上がったほうの勝ちとなりますね」

「くそっ！　蒲郡は何をしておる。立たんか！」

「先生、熱くならないで……」

「ばかもの。こういうときに興奮せんでいつ興奮するんだ?」

「先生は普段でもよく興奮なさるような気がするのですが……」

「立て！　蒲郡！　立たんか！」

蒲郡はあお向けに倒れていた。

鼻血を出し、顔面を赤く染めている。

沢渡のほうは、マットの上でもがいている。

膝上十センチの外側にきれいに蒲郡のローキックが決まっていた。ここに決まったら、足がいうことをきかなくなる。

パンチを出す瞬間というのは無防備になる。だから、カウンターを恐れていたのだ。

蒲郡のローキックは、偶然だが、そのカウンターのタイミングで決まったのだった。

ごそっと蒲郡の手足が動いた。

カウントはシックス。

頭が動く。

ぐいと首をもたげると、蒲郡はあたりを見回した。

そのあと、意外なほど軽快に立ち上がった。

カウント・エイトだった。

沢渡は膝をついていたが、ついに立ち上がれなかった。

蒲郡の勝ちだった。

蒲郡は、どこか朦朧《もうろう》とした表情でコートから出た。

内海は立ち上がった。

咲田は尋ねた。

「先生、どちらへ……？」

「黙って見ちゃおれん。蒲郡を監督に行く」

「セコンドにつくのですか？　何のための変装だったのです？」

内海は帽子とマスクをはぎ取った。

「気が変わった。どんな場合でも、勝負には勝たねばならんのだ」

4

「やあ、先生がいる……」

体育館の隅でボーッとしていた蒲郡が、内海を見て言った。

「いかんな……」

内海は言った。「脳震盪《しんとう》の影響が残っているようだ」

「そうですか？」

咲田が言う。「いつもと変わらないような気がしますが……」

「いいから、寝かせろ。できるだけ安静にさせるんだ」

「聞いたろう、蒲郡。横になるんだ」

蒲郡は言われたとおりにした。

彼は、そこに内海と咲田がいるのを、まだ不思議そうな表情で眺めている。

「みっともない試合をしおって」

内海は蒲郡のそばに膝をついて言った。

「でも……」

蒲郡は言った。「勝ちましたよ」

どこか酔っぱらっているような口調だ。舌がもつれているようだ。パンチのダメージが残っているのだ。

内海は、首の後ろに手を差し込み、頸椎《けいつい》の脇をさわった。

パンチのショックで、そのあたりが硬直している。内海はゆっくりともみほぐした。

「いてて」

蒲郡は顔をしかめる。「ああ、でも、気持ちいいや……」

内海は続いて蒲郡の首をひねり、頸椎をぼきりと鳴らして矯正した。

「うわっ！」

蒲郡は音に驚いて声を上げる。

内海は手を離した。

「応急処置だ。いいから横になっていろ。そのほうがダメージからの回復が早い。そのままで聞け」

「はあ……」

「付け焼き刃などすぐにはがれる。一回戦でおまえが勝てたのは、ラッキーだった。まぐれだよ」

「まぐれ……？　ひどいな……」

「二回戦からはそうはいかん。どうだ、おまえ、勝ちたいか？」

「そりゃあ、もちろん……」

「では、私の言うとおりにしろ」

「はあ……？」

「はあ、じゃない！　言うことを聞くのか聞かんのか！」

「聞きます、聞きます」

蒲郡はしかたなくこたえた。内海剛造の迫力には抗《あらが》いがたいものがあった。

「おまえのグローブ・テクニックなど、一夜漬けのようなものだ」

「そうすか？　けっこう練習したんだけどな……」

「相手の選手たちを見ろ。いつもグローブをつけて練習しているんだ。キャリアが違う。だから、グローブ・テクニックで対等に戦おうとしても無理だ」

「じゃ、どうすれば……」

「わが内海道場の組手の極意は何だ？」

「合わせと見切り……」

「そうだ。見切りは、私の武道観の最大の極意だ。おまえはそれをかなりの段階までマスターしているはずだ」

「しかし、相手はフルコンタクトですよ」

「関係ない。相手がどう仕掛けてこようと、また、どこを狙ってこようと同じことだ。約束ごとでしか通用しないような半端《はんぱ》な理念は教えてはおらん」

「先生がまともなことを言っている……」

内海は蒲郡の額をぴしゃりと張った。

「ばかたれ！　私はいつもまともなことを言っているのだ。おまえが聞いていないだけだ」

「先生、落ち着いて」

咲田が割って入った。彼は蒲郡を見降ろして言った。「僕も先生が言われていることは正しいと思う。寸止めだフルコンタクトだと世間は騒いでいるが、勝敗を決めるルールの問題だ。二本の腕と二本の足で戦うのだ。それほど違うわけがない。自分の得意な方法で戦うべきだと思う」

「そうか……」

蒲郡はうなずいた。「おまえがそう言うのなら……」

「おのれ！　おまえは私の言うことより咲田の言うことを信用するのか」

「先生、おさえてください。こいつはそんなつもりで言ったわけじゃ……」

そのとき、係員が蒲郡の名を呼んだ。

二回戦が始まる。

「よいしょっと……」

蒲郡は立ち上がった。

「ダメージはどうだ？」

内海は尋ねた。

「だいじょうぶみたいですよ」

内海の表情が引き締まった。彼は声を落とした。

「いいか、くれぐれも殴りっこなどするな。おまえは直接グローブで打たれることに慣れていないんだ」

「はい」

「決して退がるな。間合いに入ったら、即座に勝負をかけろ」

「はい」

蒲郡はコートに向かった。

二回戦の相手は巨漢だった。角刈りにしており、向こうっ気が強そうだった。

「打ち合いが好きそうなタイプだ」

内海剛造は言った。「こいつに勝てれば、蒲郡もそこそこいけるだろう」

咲田は丸めて手に持っていたパンフレットを開いた。

彼はつぶやいた。

「ついてない……」

「何だ？」

「あの選手、五木田輝正《ごきたてるまさ》だ……」

「何者だ？」

「去年の優勝者です」

「ほう……」

内海は、ふと凄味のある笑いを浮かべた。

「だとすれば、これが事実上の決勝戦かもしれんな……」

蒲郡と五木田が向かい合った。

主審がふたりの顔を交互に見て、「始め」の声をかけた。

五木田は、上体を左右に振りながら、どんどんと前進してきた。

いきなりワンツーを打ち込む。

蒲郡は思わず退がってしまった。

五木田は畳み込むように、右のローキック、左のミドルキックと続ける。

蒲郡は、膝をぶつけるようにしてローキックを防いだ。ローキックに対する防御のセオリーだ。

しかし、ミドルキックは避けようがなかった。

それくらいに素早い連続攻撃だった。

蒲郡は、右肘《ひじ》を曲げ、ブロックするのがやっとだった。

ミドルキックを食らった瞬間、よろよろと体が左側へ振られた。

そこに、右ハイキックが飛んでくる。

蒲郡は、両腕の前腕部で頭をかかえるようにしてブロックした。

そこへワンツーが飛んでくる。

さらに左のアッパー。

蒲郡はまったく反撃できない。

「やはり、のっけから飛ばしてきおったな……」

内海剛造が言った。

咲田はうなずいた。

「今年も優勝を狙ってるでしょうからね。二回戦あたりでまごついていられないと考えているのでしょう」

「さっきの試合を見ているしな……。しかし、蒲郡のやつは、私の言ったことがまったくわかっていないようだ」

「雰囲気に飲まれちまってるのかもしれません。そういうやつですから」

「ふん。このままじゃ勝ち目はないな」

内海剛造はつまらなそうに言った。

五木田は、自信たっぷりに攻め込んできた。

彼のパンチや蹴りはすさまじく重い。一撃一撃のダメージが大きい。

蒲郡はブロックしつつも、その攻撃にさらされているのだ。

ダメージは腕や足の筋肉に蓄積していく。そのうち、手足が思うように動かなくなってくるのだ。

五木田は両方のグローブを胸のあたりに構え、そこから完全なフックで打ち込んでくる。

ブロックの隙間《すきま》を狙うのがうまい。

蒲郡はレバーに何発か食らっていた。ボディーブローは確実に体力を奪っていく。

「打ち合うなと言ったのに」

内海剛造は苛立《いらだ》たしげに言った。「あんなパンチを食らっていたら、体がいくつあっても足りん。食らうまえに決めなきゃならんのだ」

五木田はパンチで顔面に注意を引きつけておいて、いきなり、右のミドルキックを放った。

どすん、という感じでミドルキックが脇腹に炸裂する。
蒲郡は、思わず身をよじっていた。
審判が「止め」をかける。
今のミドルキックを有効打と認め、技ありを取った。
選手を試合開始線に戻す。
蒲郡は、脇腹をおさえ、上体を折り曲げたままだ。
審判が様子を見に近づく。
「あばらをやっちまったかもしれん」
内海が言う。
「だいじょうぶでしょう。あいつ、痛みには鈍いほうですから」
蒲郡は、何とか体を起こし、審判にうなずいて見せた。
審判は試合を再開させた。
五木田が、またしても体を揺すりながら近づいてくる。
雨あられとパンチを浴びせようという体勢だ。
蒲郡は今度は引かなかった。
五木田がさらに一歩出る。そのとたん、ワンツーが……。

五木田のパンチは中断していた。

左を出そうとした瞬間に、蒲郡が飛び込んだ。

左のジャブを弾き上げるような形で右を合わせた。

その右ストレートが、五木田の顔面にヒットした。

五木田の動きが一瞬止まる。

「ようやく思い出したようだな」

内海が言った。咲田がそれにこたえて言う。

「腹にいいのを食らって、はっと我に返ったんじゃないですか？　痛い目にあわないと物事を思い出せない——犬みたいなやつですね」

五木田の前進が止まっていた。

蒲郡は、いつもの構えに戻っていた。

腰高だが、気が下腹に落ちている。胸のあたりに両拳を構え、じりじりと間合いを計っていた。

五木田は打ち合いに慣れているため、蒲郡の変化に少しばかり戸惑っているのだ。

その隙に、今度は蒲郡が詰めた。少しずつ前進する。ほんの二、三センチ——一寸ほどの詰めかただ。

彼は見切りに徹したのだ。

見切りには距離の見切りと、タイミングの見切りがある。

距離の見切りというのはぎりぎりのところで相手の攻撃をかわすことを言う。

タイミングの見切りというのは、相手の技が出る瞬間を見切るのだ。

蒲郡が今やろうとしている見切り――内海道場の教えの真髄は、タイミングの見切りのほうだった。

蒲郡はじりじりと詰める。

五木田は、気を取り直したように攻めにかかった。

強烈なローキックを放つ。

ローキックが決まったら、すぐさまパンチを叩き込み、ハイキックにつなぐつもりだった。

しかし、五木田がローキックを出そうとした瞬間に、蒲郡が踏み込んでいた。

蒲郡の膝が、逆に五木田の膝の上あたりに当たる結果になった。これは、五木田のほうにダメージが残る。

五木田は、さっと距離を取った。

蒲郡は、深追いはしない。得意のスタイルで戦い始めてから、蒲郡は落ち着いてきていた。

彼も内海道場の実力者のひとりなのだ。

再び、蒲郡はじりじりと間を詰め始めた。

五木田は、それでもパンチに自信を持っているようだった。

フェイントをかけてロングフックを打ち込んできた。

蒲郡はそのフェイントに合わせて飛び込んでいた。

右を出す。

右は五木田の顔面に伸びていたがヒットしなかった。

かわした！　五木田はそう思った。しかし、次の瞬間、顔面をぐいと横に振られた。

視界が揺れ、一瞬、何が何だかわからなくなる。

蒲郡はパンチを打ったのではなかった。手刀と前腕部の外側を、五木田の顔にこすりつけるようにして、顔面を横に向けたのだ。

体が上方に浮く。その瞬間、足をかけていた。

五木田の体が崩れる。

倒れていく五木田の顔面は無防備だった。そこに、蒲郡は回し蹴りを叩き込んだ。

五木田はひっくり返り、そのまま動かなかった。

「一本！」

審判が宣した。

蒲郡は、片手を差し上げてガッツポーズを取った。

「ふん」

内海が言った。「初めから、私の言うとおりにしておればいいのだ」

5

「しかし、三回戦から棄権したのは惜しかったですね」

咲田が内海に言った。「もしかしたら、優勝を狙えたかもしれない……」

内海は居間で茶を飲んでいた。

「蒲郡はあばらにひびが入っていた」

「でも、あいつならそれくらい平気ですよ」

「ああいう試合は、他流派が優勝するもんじゃない。三回戦が退けどきだ。事実上の決勝戦に勝ったと思えばいい」

「そんなもんですかね……」

「そんなもんだよ」

そのとき、どたどたと廊下を渡ってくる足音が聞こえた。

ふたりには誰かすぐわかった。

蒲郡が顔を出すなり言った。

「先生。今度は、キックボクシングのオープントーナメントがあるんですが」

内海はさすがにあきれた顔でつぶやいた。

「知らん。好きにせい」

非道議員

1

長野県と群馬県の県境近くにある温泉郷は紅葉も盛りを過ぎ、すでに冬仕度に入っていた。その温泉郷が団体客でひときわ賑わっていた。

近隣の県の県議会議員が、後援会のメンバーを接待し、温泉旅行に繰り出したのだ。連日の宴会で温泉旅館はおおいに盛り上がった。

「いやあ、政権を譲ったとはいえ、やはり底力のある政党は違うな……」

後援会長をつとめる県財界の有力者が県議会議員に言った。

「当たりまえだ。あんな寄り合い所帯の政権がいつまでも続くもんか。すぐにまたわが党の天下がやってくる」

「ところで、あれはだいじょうぶか？　例のゼネコンの件だが……」

「困ったもんだ……。検察のやつら、政権が代わったんでいい気になりおって……。しかも中央には手を出しにくいもんで、地方の議員ばかり狙い撃ちしやがる。なに、気にすることはない」

「よその県では知事クラスまで逮捕されてるんだ……」

「私はね、中央に太いパイプを持ってるんだ。半端な地方政治家とは違う。政権が戻ったあかつきには、私も中央へ打って出る。そういう約束になっとる。まあ、天下が戻るまでの辛抱だ。わが党に政権が戻りさえすれば、何とか検察を抑えることができる」

「今は冬の時代ということですか」

「冬来たりなば、春遠からじ、だよ、君。……ちょっと失礼。しょんべんだ」

議員は立ち上がった。

後援会の役員たちは、酒で顔を真っ赤にして、出張コンパニオンとじゃれ合っている。

議員が障子を開けて廊下へ出ると、紺色のスーツを着た男がふたり、さっと駆けつけてきた。議員の鞄《かばん》持ちだ。書生といわれる若者たちで、将来は秘書となったり、選挙参謀となる。

この議員は、若者たちを用心棒代わりにしている。要人に警視庁のSPがつくのにあこがれ、彼は、常にそろいのスーツを若者たちに着せて連れ歩いていた。

若者たちは屈強な体つきをしていた。この議員は県のスポーツ振興法人の会長もやっており、柔道や剣道、空手といった武道の世界にも顔がきいた。スポーツの世界と政治家のつながりは、世間が思っているよりずっと深く陰湿なものがある。

彼は、県内の有名選手を書生としてかかえ、用心棒としていた。

「いい。便所だ」

議員はふたりの若者に言った。

彼は後援会の連中と大騒ぎをして、久しぶりにご機嫌だった。このところゼネコン汚職騒ぎで、心中おだやかではなかった。彼も身に覚えがあるのだ。

温泉でのどんちゃん騒ぎはいい気晴らしになった。

旅館の便所は廊下の先にあった。引き戸を開け、便所用のスリッパをはく。用を足していると、別の客が入ってきた。黒いスーツを着ている。やせた男で、頬がこけており、ひどく暗い感じがした。

議員は、葬式でもあったのかなと思った。男にはそうしたイメージがあった。その男が不意に話しかけてきた。

「高科《たかしな》一郎さんだね？」

議員は名を呼ばれても不審には思わなかった。彼は自分を有名人だと思い込んでいた。自分の名と顔を知っている人間がどこにいても不思議には思わないのだ。

「そうだが……？」

いきなり黒いスーツの男は高科議員の後ろ襟をつかんだ。

「何をする!」

高科は驚いて大声を上げた。男はさっと高科の口をふさいだ。さらに後ろ襟を引っぱり、壁際まで高科を連れて行った。

便所の戸が勢いよく開いた。

「先生!」

ふたりの用心棒が現れた。

黒づくめの男は高科を突き飛ばして壁に叩きつけた。高科は苦痛にうめいて、そのまま崩れ落ちた。尻餅をついている。

用心棒のひとりが黒いスーツの男につかみかかった。用心棒は一八〇センチ九〇キロの巨漢だ。彼は柔道でインターハイに出場した実績があった。

一方、黒いスーツの男は、一七〇センチほどでせいぜい五五キロから六〇キロほどの体重しかないように見えた。

用心棒は男をつかむとすぐに腰を入れて投げようとした。畳の上と違い、実戦での投げ技はおそろしい。周囲のものが凶器と化すのだ。

この場合、タイル貼りの固い床、陶器製の便器などがすぐに凶器になる。投げられて、頭を便器に打ちつけようものなら即座にＫＯだ。命さえ危ない。用心棒の技の切れは鋭い。黒いスーツの男はそのまま床か便器に叩きつけられるはずだった。

しかし、つかみかかった瞬間に用心棒の動きが止まっていた。

黒いスーツの男は、まったくあわてなかった。それが重要な点だった。彼はスーツの襟と右手の袖をつかまれたが、その瞬間に腰を落とし、自由な左手で用心棒の目を打った。指の先で突いたのではなかった。四指を柔らかく使い、掃くように打ったのだ。

それはむしろ目を突くよりも有効な方法だ。外れることがないからだ。目は叩かれるだけでひどいショックを受ける。

「あ……」

用心棒の手がゆるむ。黒いスーツの男は、右袖をふりほどくと、今そこをつかんでいた相手の手を逆につかみ、小指をぐいとひねった。小指が無気味な音を立てて折れた。

用心棒は悲鳴を上げた。指を折られる痛みにはどんな男も耐えられはしない。左手で指を折られた右手を押さえてあえいだ。顔面がまったく無防備となっていた。

黒いスーツの男は狙いすましたように、右の拳でその用心棒の顎《あご》を突き上げた。用心棒はがくんとのけぞりよろよろと後退した。

もうひとりの用心棒がその巨体を受け止める。受け止められたとき、用心棒はさらに無防備になった。後ろに退がることもできない。そこに、再び黒いスーツの男の正拳が飛んだ。顔面に命中する。

鼻がひしゃげ、前歯が折れた。鼻孔と口から血が流れ出し、ワイシャツを赤く染めた。巨漢の用心棒はそのままぐずぐずと倒れた。

「野郎！」

もうひとりの用心棒が倒れた仲間を乗り越えるようにして黒いスーツの男に向かって行った。こちらは空手の選手だった。小柄だがスピードがある。身軽さを生かした先制攻撃を得意とした選手だった。

彼のスピードは、平坦な試合場では充分に生かされる。しかし、仲間の体が障害物となってそのスピードが殺されていた。

黒いスーツの男にとっては、その小柄な用心棒は、恰好の標的となった。

小柄な用心棒は、試合式組手独特のワンツーを出した。左の順突きと右の逆突きの組み合わせだ。

順突きというのは、構えた前方の拳でそのまま突くことをいう。刻み突きとも呼ばれる。逆突きというのは、前になった足と逆の拳で突くことをいう。ボクシングのリア・ストレートと同じだ。

スピードを競い合う近代空手の試合で、このワンツーは多用される。

黒いスーツの男は、退がらなかった。まったくためらわず、一歩踏み出して相手の喉《のど》を押さえにいった。

小柄な用心棒は、ワンツーの途中でカウンターを食らうような形になった。逆突きが完全に殺されていた。

喉を決められ、動けなくなる。近代空手の選手の弱点は接近戦に弱いということだといわれている。特に身体と身体が重なるような近距離だと何も技を出せなくなってしまう選手が多い。

試合の弊害だ。決まった距離で向かい合い、そこからどちらが早くポイントを取るかという手法だけを練習するためだ。敵がくっつくほどの近距離にいたら、突きも蹴りも役に立たない。

黒いスーツの男は用心棒のふくらはぎのあたりに自分の踵《かかと》をあてがった。相手の後方まで足を伸ばしたのだ。その踵で相手の足を刈りながら、胸をどんと突いた。

用心棒はまったく抵抗できずに後方に倒れた。仲間の用心棒の体の上に倒れる形になった。彼にとっては幸運だった。受け身が取れないような投げ技だったのだ。

「くそっ！」

用心棒はあわてて起き上がろうとした。上半身を起こす。そのとき、容赦ない前蹴りが顔面に飛んできた。彼は、肩を大きくのけぞらせて、そのまま動かなくなった。

黒いスーツの男は、一般的な空手家がやるように上足底では蹴らなかった。上足底というのは、足裏の指のつけ根をいう。一般に空手の蹴りは指を反らせてこの上足底で蹴る。

黒いスーツの男は、足裏全体で踏み出すように蹴っていた。大きな衝撃を与えようとするとき、こうした蹴りかたが有効な場合もある。

高科一郎はその間、一歩も動かずにいた。腰を抜かしていた。用心棒の腕だけが頼りだったが、当てが外れてしまった。

黒いスーツの男は高科一郎に近づいた。

「待て」

高科が言った。「何が目的だ？」

男は何もこたえなかった。男の顔色はひどく悪い。彼も緊張しているのだった。男は高科の両方の襟をつかんで引き立てた。細身の男にしては力が強い。高科は気づかなかったが、男の腕は、力を込めたときだけ筋肉がふくれ上がった。

「た……助けてくれ」

高科は哀願した。男は無言だ。

彼は高科の体を壁に押しつけ、さらに壁のほうを向かせた。そうしておいて両腕で首を決めた。プロレスのスリーパーホールドのような形だ。

そのまま力を込めた。ひどく無気味な音がして高科の首が奇妙な角度にねじれた。高科の口から、ひ、という声が洩れ、次の瞬間、体が痙攣《けいれん》した。その痙攣がおさまると高科の体は永遠に動かなくなった。生命のないただの物体と化したのだ。

黒いスーツの男はまったく時間を無駄にしなかった。頸動脈に触れて高科一郎の死を確認すると、すぐさまトイレを出た。

後援会の連中が、あまりに帰りが遅い高科の様子を見るために、トイレにやってきたのは、そのずっと後のことだった。

2

「おまえ、また何かやったのか？」

蒲郡《がまごおり》が後輩を指導している咲田《さきた》をつかまえて言った。

「何のことだ？」

「先生の機嫌がひどく悪い」

咲田はしばし無言で蒲郡の顔を見つめた。あきれているのだろうが、まったくの無表情なので何を考えているのかわからない。

「何かやって先生の機嫌を悪くさせるのはおまえだ」

「そう言っては身も蓋《ふた》もない」

「身も蓋もないのはおまえの性格だ」

「先生の機嫌が悪いとろくなことはない。普段やらないようなキツイ稽古をやらされるはめになる。俺は怒らせた覚えはない」

「連盟の集まりがあると言っていたから、そのせいだろう」

「あの会議に出るとろくなことはない。どれ、何があったのかちょっと聞いてくるか」

「よせ。藪蛇《やぶへび》になるぞ」

蒲郡は、咲田が止めるのを無視して道場を出て行った。咲田は小さく溜め息をつくと、黒帯のひとりに稽古をまかせた。彼も蒲郡を追って、空手の道場を後にして、同じ敷地内にある母屋に向かった。


空手道・内海道場の道場主内海剛造《うつみごうぞう》は、空手はもちろんだが運も強い男だった。彼は一代で一流派を築き、都内に道場を持った。これは現代ではきわめて稀《まれ》な例といわねばならない。

まず、首里手《しゅりて》系の空手から彼の武道人生は始まった。空手には、首里手、那覇手《なはて》、泊手《とまりて》の三系統がある。もともと流派といったものはなく、地域による特色で区別されていた。

首里手は突き蹴りが伸び伸びとしていてスマートな感じがする。現在の空手流派の多くはこの首里手系統だ。那覇手は、体を固め、足運びは小さく重厚な感じがする。現在の剛柔流《ごうじゅうりゅう》が那覇手の系統だ。

泊手は、現在では首里手といっしょになって流派のなかに採り入れられた形になっているが、小技に特色がある。

空手の四大流派は、和道流《わどうりゅう》、松濤館流《しょうとうかんりゅう》、糸東流《しとうりゅう》、剛柔流だが、糸東流は首里手と那覇手の双方の型を伝えている。

内海剛造は学生時代から首里手系の某流派で空手を学んでいたが、縁あって中国武術の『形意拳《けいいけん》』を学んだ。『形意拳』の師は台湾出身で、きわめて実戦的な武術を内海剛造に伝えた。

内海はこの師から、武術は型ではなく理合《りあい》が重要なのだということを学んだ。それからは空手にこだわることなく、武道の探訪を始めた。『天真古流《てんしんこりゅう》』『浅山一伝流《あさやまいちでんりゅう》』などの柔術と『鞍馬流《くらまりゅう》』剣術を修め、ついには空手を基本としたきわめて実戦的で総合的な武道を作り上げた。

日本で成功した武道家は、海外で活躍した経歴を持つことが多い。内海剛造も例外ではなかった。彼は世界各地でデモンストレーションを行い、実力で弟子を獲得していった。

何か国かの軍隊や警察の幹部は彼の弟子となり、今でも彼がその国々へ出向くとＶＩＰ扱いだった。

内海剛造は母屋の居間で、茶碗を前に腕組みしていた。茶碗のなかの茶はすでに冷えている。

「先生、茶がどうかしましたか？」

居間にやってくるなり、蒲郡が言った。

「茶？　何のことだ？」

「だって、じっとお茶を睨みつけているから……」

「考えごとをしとったんだ。茶を睨んでいたわけじゃない」

「連盟の会議で何か面白くないことでもあったんですか？」

内海剛造はじろりと蒲郡を睨んだ。咲田はその眼に殺気がこもっているのを見て取った。だが蒲郡は平気な顔をしている。

内海剛造が言った。

「面白くない。実に面白くないぞ……」

蒲郡がさらに尋ねた。

「何があったんです？」

「おまえら、聞く覚悟はあるか？」

内海剛造が蒲郡と咲田を見すえた。蒲郡はきょとんとした顔をしている。咲田はのっぺりと無表情だ。咲田の顔の造りは悪くない。東洋的で端正な顔立ちだ。しかし、その表情が変わることは滅多にない。無表情さのせいで損をすることが多い。

　咲田は言った。

「覚悟がいる話なのですか?」

「いる」

「では聞かないことにします」

「こらこら。おまえはどうしてそうなのだ。師が覚悟して聞けと言ったら、弟子は腹をくくって話を聞き出さんか」

「話したいのなら、おっしゃってください」

「拍子抜けするやつだ」

「腹をくくりますから話してください」

　蒲郡が言う。

「おまえも口だけだからな……。まあいい。今日の会合に、会長の黒部《くろべ》和臣《かずおみ》が現れおってな……」

「黒部和臣……。政界の大物だ……」

　蒲郡がつぶやく。空手などの全国組織で、保守系の大物政治家を会長にすえている例は少なくない。会の運営にいろいろと便宜を図ってもらえるからだ。政治家にとってもスポーツ振興に寄与しているという、イメージ戦略上のメリットがある。

「珍しいことだと思っていると、有名流派の人間は席を外した。残ったのは、私らみたいなちっぽけな流派の人間だ。そこで、黒部和臣は言った。ようやく君たちが活躍できるときがきた……」

「何のことでしょう?」

蒲郡が思わず尋ねる。

「おまえたち、高科一郎という政治家が死んだのを知ってるか?」

「どこかの県議でしたね……」

咲田が言う。「脳卒中か何かで急死したのだと新聞に出てました」

「殺されたのだ」

「え……」

「一連のゼネコン汚職のことは知っとるだろう。地方の政治家が次々と逮捕されている。検察の手は中央政界にも伸びつつある。近々高科一郎にも捜査の手が及ぶことになっとったらしい。中央政界には、それを喜ばぬ連中がおる。高科という男は、ずいぶん中央と強いコネがあったらしくてな……。高科がつかまると、そこからイモヅル式につかまる連中が出るおそれがある。そこで……」

「口封じですか？」

蒲郡が驚いて言った。

「早い話がそういうことだ。知ってのとおり、あの政党は昔からヤクザ者とつるんでおる。共産党狩りや学生運動家、過激派対策にずいぶんヤクザを利用したもんだ。しかし、ここのところの風潮で、ヤクザを使いにくくなった。暴対法以来、ヤクザ者に風当たりが強いのでな……」

「ヤクザの代わりに武道家を利用しようということですか？」

咲田が抑揚のない声で尋ねた。

内海剛造は、鋭い眼を咲田に向けてから、重々しくうなずいた。

「すでに、黒部和臣はそれをやった。高科一郎暗殺に、ある武道家を使ったのだ」

「信じられないな……」

蒲郡がうめくようにつぶやく。

咲田が言った。

「それは黒部和臣本人の口から聞いたのですか？」

「本人が言った。あいつは事もなげに言ってのけた。やつにとっては実際どうということはないのかもしれん。そして、彼は、この話を聞かせることで、私たちをも巻き込もうとしておるのだ」

「つまり、事情を知ったからには協力しなくてはならないと……？」

咲田が言う。内海は、その後を引き継ぐように言った。

「……でなければ、ただでは済まないと無言の威《おど》しをかけているのだ。だから、やつは弱小流派だけに話を持ちかけた。私らの流派など潰《つぶ》すのは簡単だと言いたいのだ」

「ただ流派を潰すだけでは済みそうにありませんね」

「当然、口封じを考えておるだろうな……」

内海と咲田のやりとりをじっと聞いていた蒲郡が大声で言った。

「それで、先生、どうおこたえになったのですか？」

「笑い飛ばしてやった」

蒲郡と咲田は絶句した。

内海剛造は続けて言った。

「そのあとの黒部のやつの言い草が腹立たしくてな……。武道家など昔から権力者に飼われて初めて役に立つ番犬ではないか。やつはこう言いおった。売り言葉に買い言葉でな、私は言ってやった。その番犬に手を噛まれることもありますよ、とな」

「ひえー」

蒲郡が奇妙な声を上げる。「わが道場もこれで終わりだ」

さすがの咲田も顔色を失っている。

「道場ばかりかこちらの身も危い。だから聞きたくなかったんだ」

「もう遅い」

内海剛造は言った。「おまえたち、もう聞いちゃったもんね」

蒲郡が咲田に言った。

「これって黒部和臣のやり口といっしょじゃないか」

「だから言ったのだ。覚悟して聞けと」

咲田は大きく溜め息をついてから尋ねた。

「それで、これからどうなります?」

「怒った黒部は刺客を差し向けてこような……」

「刺客……?」

「昔から武道家への刺客は夜討ちと相場が決まっておる」

蒲郡がつぶやく。

「俺、郷《くに》に帰ろうかな……」

突然、内海剛造がかっと目を剝《む》いた。

「ばかもの！　こういうときのための武道ではないか！　正義を守るために戦わずして、何が武道だ！　日常の稽古は非常のときのためのものだといつも言っておるだろうが」

蒲郡は小さくなって言った。

「そりゃそうですけど……」

咲田は相変わらずののっぺりとした無表情のまま言った。

「あきらめろ、蒲郡。これも運命だ」

3

街灯の青白い光に照らされて、闇のなかにぼんやりとひとつの顔が浮かび上がった。その顔色は、街灯のせいかひどく蒼白に見える。やせて頬骨が浮き出ており、それが陰気な顔に影を刻んで、凄味があった。

黒いスーツの男が、内海道場の看板のそばにひっそりと立っているのだった。内海道場の周囲には生け垣があるだけだ。たやすく乗り越えて庭に侵入することができる。

男は用心深く、屋敷のまわりを二周した。そのあたりは住宅街で、深夜は人通りもない。

午前二時だった。屋敷のなかは寝静まっているようだ。男は、周囲を見回して、杭《くい》に手をかけた。杭を支えにして、生け垣を飛び越える。

黒いスーツが生け垣に触れてかすかな音を立てた。それだけだった。着地の音もしない。

男はそのまま母屋のほうに進んだ。滑るような足取りだった。

彼は中庭に達し、縁側を見た。ガラス戸にカーテンがかかっている。雨戸が閉まっていない。そこから屋内に侵入することにした。

そっと縁側のガラス戸に近づいた。ガラスを割って錠を解くつもりだった。

突然、男の目のまえが明るく光った。

男にはそう感じられた。暗がりにすっかり眼が慣れていたからだった。

縁側の明かりが点《とも》ったのだ。カーテンがさっと開き、続いてガラス戸が開いた。

男は、大きく後方へ飛んだ。

縁側に内海剛造が立っていた。

男ははっと振り向いた。いつの間にか、彼の後ろに、蒲郡と咲田のふたりが立っている。

内海が言った。

「たったひとりで夜討ちとは、なめられたものだな……」

黒いスーツの男は何も言わず、暗い眼で内海剛造を見上げている。内海はその顔を見てふと眉を寄せた。

「おまえだったか……」

男は、何の予備動作もなく、突然跳躍した。踏み切った足を内海剛造の股間に飛ばす。

完全に不意を衝《つ》いたように見えた。

咲田も蒲郡も動けなかった。しかし、内海は、その足が飛んでくるより早く、膝を突き出しながら、縁側から飛び降りていた。

黒いスーツの男は完全に間合いを狂わされた。蹴り足は空を切る。

同時に内海の膝が黒いスーツの男の内腿《うちもも》に決まっていた。空中での激突だった。

ふたりが宙にいるのはほんの一瞬のことだったが、その一瞬に、内海は優位となっていた。

黒いスーツの男はあおむけに倒れ、内海は、膝をついて庭に着地していた。内海はそのまま立ち上がり、すぐ目のまえにある男の金的を蹴りにいった。

男もぼんやりしているわけではなかった。倒れるや否や両足を振り上げた。それが防御と同時に攻撃となっていた。内海の顎を狙ったのだ。

男は振り上げた足をそのまま頭上へ降ろし、後方回転をして立ち上がった。わずかにバランスを崩す。内腿に膝蹴りをくらったせいだ。

内海は男を見ながら言った。

「咄嗟《とっさ》に急所をかわすとはさすがだな……」

内海は膝で相手の金的を狙っていたのだ。実戦の技というのはそういうものだ。相手を一撃で無力化できるポイントを狙うのだ。

かわしたとはいえ、内腿も急所のひとつだ。ダメージが残っているはずだった。

咲田と蒲郡がさっと回り込んできて、内海の前に立った。

「こいつ、ひとりで俺たちの相手をするつもりだったんですかね」

蒲郡が言う。

「そういう無謀なことを平気でする男なんだ」

内海が言うと、蒲郡は、え、と言って振り返ろうとした。咲田ははっとした。

蒲郡が視線を外したとたん、男は一気に間を詰めてきた。そこには蒲郡しかいないかのように、脇目もふらず蒲郡に向かっていく。

滑るような足運びで、たった一歩で蒲郡を捉《とら》えていた。男は掌を開いて蒲郡の顔面を狙った。掌打のように見えた。蒲郡は虚を衝かれて咄嗟に反撃できなかった。

咲田は、相手の掌がただの掌打でないことに気づいた。指が曲がっている。

「危ない！」

咲田は男に体当たりをした。捨て身の攻撃だ。それしか男を止める術《すべ》はなかった。どんな技も手遅れとなっただろう。

男は咲田の体当たりを受けたが、その瞬間に体をひねって衝撃を逃がした。同時に足を出していた。咲田は前方へ投げ出される形になった。

体当たりは不発に終わったが、蒲郡への危険な攻撃を止めることができた。男は、蒲郡の目を狙っていたのだ。

掌打でまず鼻や顎を打つ。そのまま、曲げた指を目の下から滑り込ませるように突き込むのだ。

目突きは、下からえぐるのが鉄則だ。それが最も確実で最も大きな威力がある。咲田が投げられた瞬間、蒲郡が反応した。彼は、迷わず男の顔面に正拳を打ち込んでいった。

鋭い突きだった。男は身を反らせるようにしてそれをかわす。さらに男は、もう一方の拳が飛んでくるのに備えた。

だが、蒲郡は、今顔面を狙っていったほうの手で二撃目を加えた。突き終わった位置から、くるりと翻すように鉄槌打ちに変化させたのだ。

その鉄槌打ちが、男の側頭を打った。男の動きが一瞬止まる。蒲郡が狙いすましたように右の拳を顔面に叩き込んでいった。

強力なフック気味の突きが決まったかに見えた。蒲郡の突きの威力は群を抜いている。決まったらどんな男もまず立ってはいられない。

空手の基本ではフック気味に拳が出るのを厳しく戒められる。しかし、それはあくまで基本であって、人体を相手にしたとき、フックはきわめて有効だ。第一に防ぎにくい。そして顔面に当たると、脳を揺さぶる形になるので大きなダメージを与えることになる。腹部を狙うときも、フック気味のほうが、脇腹の急所を捉えやすい。急所は正中線だけにあるのではないのだ。

しかし、倒れたのは蒲郡のほうだった。

黒いスーツの男は、蒲郡の鉄槌打ちのダメージで動きを止めたのではなかった。蒲郡を誘ったのだ。

男は蒲郡のフックに合わせてその内側から突きを出していた。その突きが、フックを外側にそらしながら、蒲郡の顔面に炸裂した。完璧なカウンターとなり、タフな蒲郡も、ひとたまりもなかったのだ。

咲田が男の背後から近づいた。無防備な首筋に手力を見舞う。耳の下だ。ここに一撃が決まれば相手を昏倒させることができる。打撃の加えかたによっては相手を殺すこともできる危険なポイントだ。

実戦のときは迷わずそういうポイントを狙えと、常々内海から教わっていた。

手刀が相手に届く前に、ひどい衝撃が全身を駆け巡った。

腹を蹴られたのだと気づいたのは、そのショックが去ってからだ。息ができなくなり、全身から力が抜けた。咲田は知らぬうちに地面に崩れ落ちていた。

男の後ろ蹴りだった。彼は振り向きもせずに、後方に踵を突き出した。その踵が正確に咲田の水月《すいげつ》のツボに決まっていた。水月は鳩尾《みずおち》だ。横隔膜が痙攣して一時的に呼吸ができなくなってしまう。

男はゆっくりと内海のほうを見た。

内海の眼が底光りしている。普段は見せない眼の光だった。

「私を殺せると思うか」

内海は男に言った。男が初めて口を開いた。潰れた声だった。

「今なら勝てる……」

「勝てるかどうかを訊《き》いているんじゃない。殺せるかと訊いているのだ」

男はもうこたえなかった。

わずかに膝を曲げただけの高い姿勢だ。右足を後方に引き、やや半身になっている。その姿勢のまま、じりじりと間を詰めている。

内海剛造は動かない。相手に正対している。男はじっと内海の眼を見ていた。ぞっとするような冷たい眼をしている。

仕掛けるタイミングを狙っているのだ。毒蛇が鎌首をもたげているような感じだった。さらに間を詰めていく。ほんの二、三センチずつ前進している。一寸の間の攻防だ。

男の足がふと止まる。間境にきたのだ。その境をわずかに越えたら、互いの技が届く。間合いというのは固定的なものではない。相手によって変化するのだ。男はその間境を肌で感じ取っている。

かなりの実戦を経験していることを物語っていた。内海もその間境を感じ取っている。

内海は、ごく自然に、す、と上体を引いた。その動きはまったく日常的だった。老眼の人が物を見るために顔を後方に引く動作のようだった。

内海と男の間に張りつめていた力場が乱れた。

「シッ!」

男は歯の間から鋭い音を洩らして飛び込んだ。鋭い出足だった。人差指の第二関節を高く突き出した危険な拳でまっすぐに内海の顔面を狙っている。

その拳をよけなければ、顔面に食らう。よければ、もう一方の拳がどこかに飛んでくる。それはわかりきっていた。

わかりきっているが防ぐことはできない。男の攻撃はそれほど鋭かった。

内海はその拳をよけようともさばこうともしなかった。

男が突っ込んできたと同時に、内海も一歩出ていた。同時に掌底を突き上げていた。

男の拳が内海の頰をかすめる。内海の掌底はしたたかに男の顎を捉えた。男は後方へひっくり返った。後頭部から落ちていた。内海の一撃のすさまじさを物語っている。

男はそのまま動かなかった。内海の攻撃は、男が蒲郡に対して行ったのとまったく同じパターンだった。相手を誘い、攻撃してきたところに合わせ、完璧なカウンターで仕留める。

使った技は違っていても、タイミングと体さばきが同じなのだ。つまり、理合が同じということだった。

「ふたりとも、いつまで寝ている気だ？」

内海剛造が言った。

蒲郡がもそりと動いてから、立ち上がった。咲田も起き上がる。

「やあ、やっぱり先生が勝ったか」

蒲郡が言った。

「タヌキ寝入りをしおって」

「だって、こいつ強かったですよ。俺じゃあかないっこなかった」

「役に立たぬ弟子どもだ……。鍛え直さにゃいかんな……」

「その男、先生と同じ動きをしましたね」

咲田が言う。

「見ておったのか？」

「ええ、せっかくですから……」

内海剛造は仰向けに倒れている男を見降ろして感慨深げに言った。

「蒲郡がかなわないのも、私と同じような動きをするのも当然といえば当然だ……」

「そういえば、さっきから、この男をご存じのような口振りですね」

咲田が尋ねる。

「知っている」

「何者です？」

「おまえたちの先輩だ」

「では、先生の弟子なのですか？」

「弟子だった」

内海剛造は苦しげに言った。「天才的な空手家だったが、貧乏暮らしに嫌気がさしたのだろう。私のもとを去っていった。その後、どうしたのかと気にしておったのだが……。黒部の飼い犬になり下がっておったとはな……」

「そうでしたか……」

「惜しい腕だ……」

「どうします？」

蒲郡が倒れている男を指差して言った。

「警察を呼べ。罪のつぐないはさせねばならん」

蒲郡が電話をかけに行った。

内海は咲田に言った。

「あとで、国際電話をかけてくれ」

「国際電話ですか」

内海はかつての弟子を見降ろしながらうなずいた。

4

内海剛造は、黒部和臣に面会を申し入れ、指定の時間に彼の個人事務所に出かけた。事務所は千代田区一番町の高級マンションのなかにあった。

応接室で三十分も待たされた上、現れた黒部和臣は開口一番こう言った。

「忙しい身でな、十分しか時間がない」

彼は、どさりとソファに身を投げ出した。彼は表面は取りつくろってはいるが、落ち着きをなくしているのは確かだった。内海剛造がこうして彼に会いに来ているということは刺客が失敗したことを意味しているのだ。

黒部は言った。

「私に協力する気になったかね？」

内海はそれにはこたえずに言った。

「あんたの放った刺客は今、警察にいる。洗いざらいしゃべるのも時間の問題だと思うが……」

黒部和臣はうっすらと笑った。

「何のことかわからん」

「さすがにベテラン政治家だ。とぼけるのがうまい。顔色ひとつ変えんとはな……」

「与太話は聞く耳を持たん。おまえたちと違って忙しい身なのだ。今度来るときはもっとましな返事を聞かせてくれ」

黒部は立ち上がろうとして体重を前にかけた。

「まだ、話は終わっておらん」

内海が言うと、黒部は一瞬腹を立てたように内海を見た。だが、内海の眼光は老練な政治家にも負けなかった。黒部和臣はゆっくりとすわり直した。

内海剛造が言った。

「私はあんたの飼い犬になる気はない。武道家をなめてもらっては困る。それを言いに来たのだ」

「自分の立場がわかっておるのか？」

「充分にわかっているつもりだ。あんたら政治家がどんな汚ないことをやろうと知ったことではない。だが、その尻ぬぐいに利用されるなどまっぴらだ」

「昔から武芸家は仕官してなんぼだろう。仕えるあてのない武芸者などくその役にも立たん」

「武道家は思想家であり芸術家なのだ。人に仕える必要などない。考えを改めることだな」

黒部和臣の顔がみるみる赤く染まった。彼の怒りは限界に達したようだ。黒部は突然立ち上がってどなった。

「誰かいるか！」

すぐさま応接室のドアが開き、人相の悪い若者がふたり現れた。ふたりともスーツを着ているが堅気のようには見えない。

「この男をつまみ出せ！」

ふたりの若者は、つかつかと内海に近づいて、引き立てようとした。ひとりが内海の袖をつかむ。内海は黒部を見たままその手の上に自分の手を重ね、固定した。つかまれているほうの肘《ひじ》を張るように突き出しながら体をひねり、立ち上がる。手首を決められた形になった若者はそれだけできれいに投げ出された。

もうひとりがあわててつかみかかる。内海は、一歩進んでその男の顎のあたりを手刀ですり上げた。内海の足は若者の踵を決めている。若者は後ろへひっくり返った。

黒部和臣は、怒りに震えて言った。

「おまえの道場はすぐに叩き潰してやる。今後、武道の世界で生きていけなくしてやる」

これは威しではなかった。黒部は本気でそうするつもりだったし、そうする力があった。彼はその力を思い出したのか、落ち着きを取り戻して言った。

「殺されんだけでもありがたいと思うことだ」

黒部は勝ち誇ったように笑いを浮かべた。「この世では腕力だけではどうにもならんことがあるのだ。思い知るがいい」

内海は何を考えているのか、無言で立ち尽くしている。

そのとき、戸口が騒がしくなった。誰かが部屋に入ってこようとしているのを、秘書が押しとどめているらしい。その押し問答が聞こえてくる。

「何事だ？」

黒部和臣が問うと、秘書が顔を出して言った。

「先生、アバック共和国の大使が……」

「大使……？」

浅黒い肌のラテン系と思われる男がその隙《すき》に応接室のドアをくぐった。

「失礼」

彼は日本語で言った。「そこにおられる、わが国の友人について、大統領からのメッセージを伝えにまいりました」

黒部を始め、その場にいる全員が動きを止めた。何事かと、アバック共和国大使を見つめている。大使は、注目を浴びていることに満足したように話し始めた。

「私は、わが友人であり、わが軍の恩人でもある内海剛造師が、不当な扱いを受けて生命およびその立場が危うくなることを心から憂慮する。何人たりともそのような弾圧を彼に対してはたらくことは許されない。わが国政府およびわが軍は、友人の危機に際しては断固たる措置を取ることになろう」

大使はそこで言葉を区切り、黒部を見すえて言った。「大統領からのメッセージです」

長い沈黙があった。

黒部和臣は我に返ったように言った。

「それは大統領の公式文書なのか？　ならば内政干渉と考えられなくもない」

「あくまでも私的なメッセージです」

黒部は鼻で笑った。

「ならば、何の効力もないな。寝言と同じことだ」

「しかし」

大使は言った。「大統領は本気です」

黒部和臣は言葉を失った。

秘書がおずおずと言った。

「実は、けさほどから、いくつかの国の大使館から似たようなメッセージが……」

黒部は憤怒の形相で立ち尽くしている。すでに彼は内海の顔を見ていなかった。

アバック国の大使は内海に言った。

「先生。用がお済みでしたらお宅までお送りしましょう」

内海がうなずくと、大使は先に応接室を出ていった。

内海は部屋を出るときに、黒部和臣に向かって言った。

「体を張って築いた人脈は、金で築いた権力を上回ることもある」

黒部和臣は何も言わなかった。彼は認めたくない敗北を認めざるを得なかった。

5

黒部和臣に東京地検特捜部の捜査の手が伸びたと報じられたのは、それから間もなくのことだった。

しかし、高科一郎が病死だという報道が訂正されることはなかったし、あの刺客がその後どうなったのかもわからずじまいだった。

内海剛造は道場の近所の居酒屋で、咲田と蒲郡を相手に酒を飲んでいた。彼はひどく機嫌がよかった。

「……そこで、私は、黒部和臣にこう言ってやった……」

「先生」

咲田が言った。「それはもう何度も聞きました」

「こら。師の話は黙って聞かんか」

蒲郡がたしなめるように、肘で咲田をつついた。

「何だ？」

「いいから、黙って聞いてろ。聞くふりでもいい。そうすりゃただ酒が飲める」

咲田は小さく溜め息をついた。

内海の話が再開した。

「ドアが開いて、ふたりの鞄持ちが入ってきた。私はそのふたりを……」

バーリ・トゥード

1

リング上の戦いに、観客席は、むしろ静まり返ってしまった。

五千五百人の観客席は満員だった。

リング上では、オランダのキックボクサーが、倒れた若い選手の頭を蹴り、踏みつけた。

若い選手は、シューティングの選手だった。

キックボクサーの踵《かかと》がシューティングの選手の後頭部に当たり、さらに、キックボクサーは、顔面を蹴り上げた。

ヤクザの喧嘩を見ているようだった。

若いシューティングの選手は、すでに戦う気力を失っていた。

見るに見かねたレフェリーは、カウントを取らずに、すぐにＴＫＯを宣言した。

次の試合は、七六キロのシューティング選手と一二三キロの拳法の選手の試合だった。

シューティングの選手は日本人で、拳法の選手はアメリカ人だ。このアメリカ人は、詠春拳《えいしゅんけん》という中国拳法の選手だった。詠春拳は、ブルース・リーが若いころに修行したことで有名な武術だ。

実際に殴り合い、蹴り合う試合では、体重差がものをいう。この両者の体重差は決定的で、危険とすらいえるものだった。

シューティングの選手は、寝技（グラウンド）に持ち込もうとタックルにいった。相手の大腿部にしがみつく。

アメリカ人拳法家は、その後頭部に情け容赦ないパンチを浴びせた。

シューティングの選手は、たまらずダウンしてしまった。

これも、格闘技の試合というより、町中の喧嘩を見ているようなものだった。

この大会の試合はどれも、殺伐としていた。唯一、怪我《けが》がないのは、優勝者の試合だった。

優勝者の名前は、ヒクソン・グレーシー。この大会の主催者のひとりだ。

『バーリ・トゥード94・ジャパン・オープン』というタイトルで、大会は一九九四年七月二十九日に開催された。バーリ・トゥードとは、ルール無用の何でもありということだ。

ヒクソン・グレーシーは危なげなく試合を進めた。

相手のわずかな隙《すき》をついて倒し、馬乗りになって、相手にパンチを見舞った。またあるときは、首を絞めた。

ヒクソン・グレーシーはまったくの無傷だったし、彼の相手をした選手も最小限のダメージで済んだ。

だが、参加した日本人選手は、二名とも病院へ運ばれるはめになった。ひとりは、頭部の検査を受けるためで、ひとりは、肋軟骨《ろくなんこつ》の骨折だった。

また、倒れた日本人選手の頭を蹴り、踏みつけたオランダのキックボクサーは、手の甲を骨折して、トーナメント途中でリタイアしてしまった。

ひとり、ヒクソン・グレーシーが涼しい顔をしており、表彰式で、彼は笑顔さえ見せた。この殺伐とした大会で、まったく怪我をせず、相手にもそれほど大きなダメージを与えずに優勝したヒクソン・グレーシーは、その強さを証明したのだと言われたが、一部では、この試合を批判する声も強かった。

ヒクソン・グレーシーは、単にこのスタイルの試合に慣れていただけだという見方もある。

いずれにしろ、この試合が日本の格闘技界に投げかけた波紋は大きかった。

噂のグレーシー柔術が、日本に初めて上陸し、ベールを脱いだのだ。

グレーシー柔術というのは、ブラジルで作られた格闘技だ。

ブラジルには、三種類の柔術があるという。マチャド柔術、ベーリンギ柔術、そして、グレーシー柔術だ。

その名のとおり、もとは、日本の柔術家がブラジルに渡り、柔術を指導したのだという。歴史は意外に古く、明治のころのことだとも言われている。

ヒクソン・グレーシーらグレーシー兄弟の伯父にあたる、カルロス・グレーシーが、コンデ・コマという人物から少年のときに柔術を習ったのだそうだ。

だが、正確なところはわからない。

グレーシー柔術の技はレスリングとも共通点は多いし、柔道の影響も見られる。

もっとも特徴的なのは、寝技の最中にパンチを使ってもいいことだ。

パンチというのは、寝技を変化させる。そこで、グレーシー柔術では、馬乗りが多用される。

ひっくり返し、馬乗りになって相手の顔面を殴る、あるいは、その状態から首を絞めるという形で勝負を決めることが多くなるのだ。

ある有名な日本の格闘技家は、その姿を「ガキの喧嘩」と言い切った。

「こんなものが柔術だと……」

百地玄洋《ももちげんよう》はうめいた。

彼は、美作竹上流《みまさかたけがみりゅう》という柔術の東京道場を預かる師範代だった。

彼は、まだ若く、三十代の半ばだったが、仕事の都合で東京に転勤になり、そこで、指導を任されたのだった。

多くの古流柔術家は、柔術だけでは生活していけない。それぞれに仕事を持って、弟子を指導していかなければならないのだ。

三十代の半ばというと、格闘技家としては、すでに盛りを過ぎたといわれる年齢だ。だが、武術家としては、まだまだ若手なのだ。

彼はビデオを見ていた。

そのビデオを彼に見せているのは、『格闘技時評』という雑誌の、下田という名の編集者だった。

下田は、百地玄洋のつぶやきを聞いて、密かにほくそえんでいた。

彼は、古流の柔術家のこうした反応を期待していたのだ。グレーシー柔術に関する格闘技家たちの評価は、あらかた出尽くしていた。

だが、雑誌に取り上げられるのは、多くは、リングで戦う格闘技家連中だった。伝統的な武道にたずさわる者たちは、無視することで、その立場を主張していた。

下田は、それでは満足しなかった。

彼は、柔術家の反応を煽《あお》り、それを記事にしたかったのだ。

ビデオを止めた下田は言った。

「グレーシー柔術は、柔術の名に値しないと……」

百地玄洋は、自制心を発揮して言った。

「空手と呼ばれている格闘技も、ずいぶんといろいろなものがある。柔術も、バリエーションがあってしかるべきだ。しかし……」

「しかし、何です？」

「あなたが何を言わせたいのかわかっている。だが、私は、グレーシー柔術については、何も言える立場ではない。ヒクソン・グレーシーという男は、本当に強いのだと思う。ただ、彼が柔術と呼んでいるものと、私が知っている柔術とは別のもののような気がする」

「なるほど……」

下田は、これでは記事にならないと思っていた。

このところ、格闘技界にぱっとしたニュースはなかった。グレーシー柔術は、久々のヒット・ネタだった。すでに、試合が終わり、熱が冷めかけているが、下田は、グレーシー柔術を利用して、さらに一騒動起こそうともくろんでいた。

下田は、言った。

「では、あなたは、グレーシー柔術と戦って勝てると思いますか?」

百地玄洋の顔色が変わった。

下田は、この質問がすべての格闘技家を刺激するものであることを十分に承知していた。

百地玄洋は、それでも、なんとか自制心を保っていた。

「それは想定しても意味のないことです。なぜなら、私はグレーシー柔術とは決して戦わないからです。美作竹上流は、身を守るための武術です。力を誇示するためのものではない」

「でも、もし、グレーシー柔術をやっている人が、この道場に挑戦してきたらどうします?」

「頭を下げてでもお引き取り願いますよ」

「では、町中で、グレーシー柔術をやっている人と喧嘩になったら?」

「殺されないように、逃げるだけです」

「逃げる？　それでは、武道の意味がない」

「あなたは、やはり勘違いをなさっている。護身のための武道は、逃げるための武道なのです。自らの血路を開くために戦うに過ぎません」

「逃げるためのね……」

「そう。三十六計逃ぐるにしかずと言いましてね。逃げるのは兵法のひとつです」

「なるほど……。若い人が古武道に興味を示さないのもわかりますね……」

下田はさらに、挑発しようとした。

「私は、このような格闘技が逆輸入されるような事態を、柔術を生み出した日本人として憂慮するだけです」

「伝統がそれほど大切ですか？」

「武術は技術ではありません。思想の体系であり、哲学なのです。伝統は守ろうとするだけでは、すたれていきます。先達の努力と工夫を研究し、その味わいを学ぶのです。それだけでもたずさわる価値があると、私は思います」

下田は、これ以上食い下がっても無駄なような気がしていた。彼は出直すことにした。

百地玄洋の自制心をなんとか打ち崩すことはできないものか……。下田は、そう思いながら、百地玄洋の自宅を後にした。

実は、百地玄洋は、下田が思っているよりずっと気が短い男だった。

彼は、下田のやりかたに、すでに頭にきていた。日本の柔術家が、グレーシー柔術に反発するのは当然のことなのだ。

「くそっ！」

百地玄洋はやりどころのない怒りをなんとか鎮めようとした。

2

日本人なら誇りがあり、ブラジルで生まれた柔術などに心酔する者は現れないに違いないと、百地玄洋は高をくくっていた。

しかし、グレーシー柔術については、さまざまな格闘技ジャーナリズムが、究極の格闘技などと盛んに煽り立てていたため、格闘技ファンはおおいに興味を持っていた。

しかも、プロレスを核とする格闘技団体は、新しい格闘技を模索していた。

彼らは、伝統的な空手や柔術には、けっして満足しないのだ。これは、伝統的な武道の側にも責任がある。

伝統にあぐらをかき、自分の流派や武術にたいする研究を怠ったのだ。そのために、数々の魅力的な要素が失伝してしまった。

空手の型は、ただ演ずるだけのものになり果て、柔術の型も約束ごとに終始することになった。

実戦派、を標榜《ひょうぼう》する団体は、とにかく、乱取り、自由組手、スパーリングを重視する。これは、戦いにおいては、重要なことだが、一方で、精妙な武道の技を失わせる結果になった。

実戦派の興味は、試合でどの程度のことが許されるのかという点に絞られていく。その結果、さまざまな団体に分かれていくのだ。

ある団体は、キックボクシングにロシアのサンボを取り入れる。

また、ある団体は、空手に柔道のような投げ技と関節技を取り入れる。

グローブをつけて、顔面を殴るのを許可しようという空手の団体も現れる。

そして、ついに、『ジュウジュツ』を名乗る団体が現れた。

主宰者は、もとフルコンタクト空手の選手で、柔道の経験もあった。

彼は、アメリカのグレーシー柔術の道場にしばらく滞在し、練習をしたうえで、自分の団体を作った。

その主宰者の名は、日浦昌虎《ひうらまさとら》といった。

日浦は、百地玄洋とほぼ同じ年齢だった。『ジュウジュツ・ジャパン』という団体名を聞き、下田は、すぐさま、日浦昌虎のもとに駆けつけた。

日浦昌虎は、中目黒から池尻に行く途中のビルの二階にジムを構えていた。ジムといっても、事務所用のフロアにマットを敷きつめたものだ。

バブルが弾けて、借り手のつかなかったビルの一室を期限付きで格安に借りたということだった。

家主が日浦昌虎の後援者のひとりだという。こんなジムでも、持てるだけ恵まれていると言わねばならない。格闘技団体というのは、なかなか金が儲からないのだ。

下田は、日浦昌虎のことをよく知っていた。フルコンタクト空手の選手時代から、何度か取材をしたことがある。

格闘技の世界は狭いのだ。

ジムのなかには、数人の若者がいて、練習に汗を流していた。

ある者はサンドバッグを叩き、ある者は、マットの上で、寝技の練習をしている。

日浦昌虎は、寝技の指導をしていた。

「よう。下田さんか」

日浦昌虎はよく鍛え上げられた体格をしている。身長は一八〇センチ近くあり、体重は九〇キロを超えている。

全身に筋肉が付いており、その上に一枚、脂肪の層が乗っている。プロレスラーのような体型だ。

彼は、緑とグレーのツートンカラーのスポーツウエアを着ていた。首からタオルをぶら下げている。

「日浦昌虎さんなら、いつかは独立すると思っていたんですが、柔術の団体ですか」

「ああ。グレーシー柔術の道場で修行をしてきて、これはいけると思った。俺は、昔、柔道をやっていたから寝技に関しては経験があるしな……」

「『ジュウジュツ』を名乗ることに関して、グレーシーのほうでは、何か言いませんでしたか?」

「もちろん、何もないさ。もともと、柔術は日本のものだし、ナントカ柔術と名乗っている団体はほかにもたくさんある」

　下田は、練習をしている若い連中を見た。彼らは、長めのスパッツをはいており、上半身には、Tシャツを着ている。柔術というより、レスリングの練習を思わせた。

「道衣は着ないんですか？」

「シューティングの連中やサンボの連中とも試合をしなければならない。サブミッションを得意とする団体とはどんどん試合を組んでいくつもりだ。ゆくゆくは、バーリ・トゥードのアルティメット大会のようなところへ出ていきたい」

　アルティメット大会というのは、グレーシー柔術がアメリカで開いた大会だ。

「団体名を片仮名で『ジュウジュツ』にした理由は？」

「古来の柔術と区別するためだ。空手の世界でも、フルコンタクト系の新しい空手は、片仮名で表記するところが多い。俺たちがやっているジュウジュツは、講道館に太刀打ちできなかったような情けない伝統柔術とはまったく違うものなんだ」

「日浦昌虎さんのように、柔術を逆輸入することを快く思っていない人もいるのですが……」

「伝統柔術の連中だろう？　そんな連中が何を言ったって気にしないさ。だって、講道館ができたとき、もう、結果が出ているじゃないか。乱取り練習を取り入れた講道館に勝てる柔術の流派はなかったんだ。そして、格闘技は常に進化する。俺たちの柔術は、最も進化した格闘技を目指すんだ」

「具体的には、どんな格闘技なのですか？」

「立ち技は、突き蹴りを中心に、肘《ひじ》、膝、頭突きを認める。もちろん、グローブをつけて直接打ち合う。タックルを始めとする、投げ技も練習する。投げたあとは寝技と関節技だ。絞め技も認める。金的と目つぶし以外、ほとんど何でもありだ。総合格闘技だと胸を張って言える内容だと思う」

「美作竹上流という柔術の流派を知っていますか？」

「ああ、知っている。古流のなかではそこそこ有名だ」

「東京にいる師範代の百地玄洋という人が、新しいジュウジュツに批判的なのです」

日浦は笑った。

「百地玄洋か……」

「ご存じなんですか？」

「以前、会ったことがある」

「それはそれは……」

「百地玄洋は、金物の卸会社か何かに勤めていたな」

「はい。転勤で東京に来て、そのときに、美作竹上流の東京での指導を任されたということですが……」

「美作竹上流は、総合武道をうたっている。俺はその当時、総合格闘技を模索していた。興味を抱いて彼の道場に行ったことがある。道場といっても、目黒区の施設を時間で借りて道場代わりにしていたんだがな……」

「今でもそうですよ」

「俺は失望したよ。あまりに、非現実的なんだ。彼らの言う総合武道というのは、俺たちが目指しているものとはまったく違う。つまり、棒だの短刀だの、縄だのを使うんだ。武器を使うのが総合武道だと思ってるんだ」

「ははあ、なるほど……」

「それでも、俺は、何か参考になることがあるかもしれないと思って、百地玄洋に立ち合ってくれるように頼んだんだ。だが、百地玄洋は、絶対に立ち合おうとはしなかった」

「逃げるための武道なのだそうですよ」

「そんなことだから、すたれていくんだ。講道館柔道に統合されたんだから、もう、柔術なんて存在価値はない。そして、俺たちは、講道館柔道をも超えた『ジュウジユツ』を創始したんだ」

「それ、記事にしていいですか？」

「もちろんだ。だが、陰口のように思われるのは心外だな……。どうせなら、はっきりと百地玄洋の目の前で言ってやりたい」

「願ってもないことです」

下田は舌なめずりしたい気分だった。

「対談の段取りを組みましょう。そうですね……。単なる対談では面白くない。互いの技を披露しあいながら、話をするというのはどうです？」

「かまわんよ」

「場所を提供してもらえますか？」

「ああ。このジムを使ってくれ」

下田は、『ジュウジュツ・ジャパン』のジムの電話を借りて、百地玄洋の勤務先に連絡した。もう一度会いたいと申し入れると、百地玄洋は、あまり乗り気ではない口調ながら承知してくれた。

百地玄洋の帰宅後、彼の部屋で会うことになった。

下田が約束の時刻に訪ねると、百地玄洋は会社から帰ったばかりらしく、まだ背広姿だった。心なしか疲れて見える。

この年齢になると、会社ではそろそろ役職が付く。仕事のほうも大変なのだろうと下田は思った。

「先日は失礼しました。今日はですね、対談のお願いに上がりました」

「対談……」

「ええ。『ジュウジュツ・ジャパン』というのをご存じですか?」

「いや、知らん」

「日浦昌虎という格闘技家は……?」

「知っている。稽古場に訪ねて来たことがある」

「日浦昌虎さんは、アメリカでグレーシー柔術を学んできて、『ジュウジュツ・ジャパン』という新格闘技の団体を結成したのです。百地さんが憂慮されていた、柔術の逆輸入ですね」

百地玄洋はうんざりした気分になった。

「そんなものはどうでもいい。私には関係ない。そういう話題なら、もう話すことはない。対談などしても、どうせ話はかみ合わない。お引き取りいただこう」

「日浦昌虎さんは、こう言っていました。講道館ができたときに、柔術の運命はもう決まっていた。講道館柔道に勝てた古流の柔術はない。だから、もう存在価値はないのだ、と……」

「講道館は、それまで滅多に行われていなかった柔術の試合を盛んにした。そして、スポーツの分野でおおいに発展したのだ。この功労は大きい。だから、私は柔道に関しては何も言わない。それぞれに役割というものがある。だがね、一言だけ言っておく。講道館を作った嘉納治五郎《かのうじごろう》は、晩年、合気道の開祖、植芝盛平《うえしばもりへい》の演武を見て、これこそ、私が理想とした柔道だと感嘆したと言われている。このエピソードはいろいろな意味をふくんでいると思うが……」

「その、いろいろな意味というのを話していただけませんか？」

「その必要はないと思う。人それぞれに考えればいいことだ」

「でも、現在古流の柔術にたずさわっている人の代弁をする必要があるんじゃないですか？　日浦さんは、もう古流柔術の存在価値はないと言っているんですよ」

「そう思っている人に話してもしかたがない」

「話すだけじゃなく、実際に技を見せあえばわかりあえるかもしれません」

実を言うと、百地玄洋の心は動いていた。柔術の役割が終わったなどという発言を許せないと感じていたのだ。

その発言が活字になってしまえば、影響力は無視できない。

それでなくても、古流の武術の魅力や本当の価値というのは抽象的で一般には伝わりにくいのだ。

百地玄洋は黙ってしまった。その心を推《お》し量《はか》るように下田は言った。

「古流の柔術の真価をアピールするいい機会じゃないですか」

百地玄洋は、それでも何も言わない。

下田は、その態度を了解と受け取ることにした。

「善は急げといいます。明日の夜はいかがですか？」

「明日は、稽古がある」

「では、明後日は？」

「明後日の夜なら、予定はないが……」

「では、お迎えに上がります」

下田は、目論見《もくろみ》が半分以上成功したと思った。

3

対談の会場が、『ジュウジュツ・ジャパン』のジムだと知って、百地玄洋はしまったと思った。

敵の陣地内で話をすることになる。これは、無言のプレッシャーをかけられることを意味する。

だが、いまさら後には退《ひ》けない。

下田は、あくまでも丁寧に百地玄洋に接し、日浦昌虎は、慇懃《いんぎん》に迎えた。

「いつぞやは、世話になりました」

日浦昌虎は言った。

日浦昌虎は、トレーニングウエアを着ている。ジムには、十人以上の若者が集まっていた。

『ジュウジュツ・ジャパン』の稽古生をすべて集めたのかもしれないと百地玄洋は思った。これも、日浦昌虎のプレッシャーだ。

百地玄洋は、兵法家として失敗を恥じた。地の利を失ったのだ。

こうなれば、背水の陣と覚悟を決めなければならない。

「いえ、こちらこそ、失礼をいたしました」

百地玄洋は、頭を下げた。

「ねえ、下田さん」

日浦昌虎は言った。「まどろっこしいことは抜きにして、俺と百地さんで、スパーリングをやるっていうのはどう？」

やはりそうきたか。

百地玄洋は思った。

下田はうなずいた。

「こちらとしても、そういう絵柄が一番面白いと思うのですが……。百地さん、どうです？」

百地玄洋は、あくまでも断りつづけるべきだと思った。日浦昌虎とは、武術とか格闘技とかの考え方が根本的に違うのだ。

だが、彼は断れなかった。腹を立てていたのだ。

武道家だ武術家だといっても、腕を見せてなんぼ、という考え方がある。事実、先達《せんだつ》は、果たし合いを繰り返して技を練り、流派の体系を築いてきたのだ。

百地玄洋もうなずいた。

「いいでしょう」

日浦昌虎は、トレーニングウエアを脱いだ。膝のあたりまであるスパッツに体にぴったりとしたタンクトップというスタイルになった。

レスリングのユニフォームのようだった。日浦昌虎は言った。

「まだ、コスチュームが決まっていないのですがね……。アルティメット大会を始めとして、今後は上半身裸での試合が多くなるでしょうから、空手のような道衣は着ないことにしました」

ロッカールームなどなかった。

百地玄洋は、マットの隅で着替えることになった。百地玄洋は、古流の道衣を着た。

白い胴着に黒の袴《はかま》だ。

当然、衣服を着ているほうが手掛かりがあり、不利になる。

柔術には、古来、衣取りや襟絞めがあり、これは有効な技とされている。相手が裸同然となると、そうした技が封じられることになる。

日浦昌虎は、威圧的な体格をしていた。

三十代半ばだが、体に弛《ゆる》みは見られない。発達した筋肉のうえに薄い脂肪の層がかぶさっている。

スタミナとパワーを兼ね備えた体格だ。

一方、百地玄洋のほうは、身長一七〇センチ、体重七〇キロと、ほぼ、標準に近い体格をしている。

体重差が二〇キロもあり、とても相手にならないように見える。

「スパーリングだから、勝ち負けにはそれほどこだわらない。技を出し合いましょう」

日浦昌虎は言った。

だが、この言葉を真に受けるわけにはいかなかった。明らかに日浦昌虎は、百地玄洋を完膚なきまでにやっつけようという腹だ。眼を見ればそれがわかった。

「ルールは、『ジュウジュツ・ジャパン』のルールで問題ないですね。突き蹴りあり、投げ、関節、寝技あり、です。金的と目つぶし以外何をしてもオーケーと考えてくれればいい」

百地玄洋は考えた。

それで問題ないように思えた。制限がないほど自分はやりやすいはずだった。制限が増えれば増えるほど、体格差やスタミナがものをいうのだ。
百地玄洋は、全身の関節を丁寧にほぐした。
日浦昌虎がマットの中央に歩み出た。彼は言った。
「時間は、いちおう三分ということにしましょう。うちの若い者に時間を計らせます」
稽古生がストップウォッチを持って、ゴングのそばに行った。
下田は、カメラを構えている。
百地玄洋は、深呼吸した。
日浦昌虎は、時計係の若者にうなずきかけた。
「いつでも、どうぞ」
ゴングが鳴った。
日浦昌虎は、クラウチング・スタイルで構えた。
百地玄洋は立ち腰だ。
日浦昌虎が、いきなり、左のジャブを出した。これはフェイントだった。
それは、百地にもわかった。
日浦は、左のジャブに相手の注意を引きつけておいて、右のローキックを出した。

それは、ごく軽い蹴りに見えた。だが、百地は、その威力に驚いた。

一瞬にして、左の足が強張《こわば》ってしまった感じがした。

日浦はその隙をついた。頭から突っ込んできたと思ったら、タックルにきた。

百地は、体を開いてかわそうとしたが、がっちりと腰をつかまれてしまった。

すかさず、日浦は、小内刈りで百地を倒した。

百地は仰向けに倒れたらまずいと思った。グレーシー柔術のビデオを見ていたのだ。グレーシー柔術では、相手を仰向けにして馬乗りになり、上からパンチを浴びせる。

日浦昌虎も同様の攻撃にくることは明らかだ。

百地玄洋は、倒れる瞬間に体をひねった。うつ伏せになり、日浦の寝技をかわそうとする。

だが、日浦昌虎のグラウンドは見事だった。彼は、レスリングの技も研究している。しかも、かつて柔道をやっていただけあって、寝技には習熟していた。

百地は、日浦がするすると自分の背中にはい上がるのを感じた。次の瞬間、両脚の大腿部を決められた。

日浦は、自分の両足で百地の大腿部から膝にかけての部分を決めていた。

そうしておいて、前腕を百地の首に回した。

百地は、顎《あご》をしっかりと引き、腕が首にはいるのをこらえた。

しかし、日浦昌虎は巧妙だった。揺さぶりをかけるようにして腕をこじいれてきた。

ついに、首が決められた。

頸動脈と喉仏《のどぼとけ》の下にある天突《てんとつ》の急所を見事に決められている。

急所を攻めるのは、古流柔術のいわば専売特許だ。それを相手に許してしまった。

ここまで決められたら、どうすることもできない。マットを叩いてギブアップするしかない。

だが、百地は、それが耐えられなかった。首を絞められる苦しさよりも、屈辱のほうが大きかった。

彼は落ちる寸前までいった。

ゴングの音が何度も響いた。日浦は、さっと決めを解いた。

百地は、ひゅうと息を吸い込んだ。そのとき、唾液を気管に吸い込んでしまい、ひとしきり咳《せ》き込んだ。

咳が止まらず、涙がでた。あまりに苦しく、あやうく吐き戻しそうになった。

百地が落ち着くまで、誰も何も言わなかった。日浦は、誇らしげに百地を見降ろしていた。

百地玄洋は、下田がゴングを叩くハンマーを持っているのに気づいた。下田がスパーリングを終わらせたのだ。

百地は、言葉がなかった。対談などもはや必要なかった。彼は、着替えもせず、荷物を持つと、ジムを出た。

4

百地玄洋は、眠れぬ夜を過ごした。

彼は、夜が明けると寝床から起きだし、浴室に行って水を浴びた。

小さな神棚がリビングルームにある。それに向かって柏手を打った。

それから、美作竹上流の宗家が住む岡山県の方角に向かって正座し、頭を下げた。

彼は、ある覚悟を決めたのだ。

出勤し、会社から、下田に電話をした。もう一度、日浦昌虎に会いたいと告げるためだった。

下田は、興味を覚えたらしく、段取りをすると約束した。

百地玄洋は、静かにその時を待った。


下田は対談をやり直すという口実で、日浦昌虎と約束を取り付けたと言った。場所は、前回と同じく『ジュウジュツ・ジャパン』のジムだった。

前回と同じく、ジムには、十人ほどの稽古生がいた。日浦は、蔑《さげす》むような態度で百地を迎えた。日浦にはそんなつもりはなかったかもしれないが、百地にはそのように感じられてしまうのだ。

百地は、日浦に言った。

「もう一度お手合わせ願いたい」

下田が驚いた。

「百地さん。今日は、この間できなかった対談をやるという約束でやってきたのですよ」

日浦が言った。

「俺はかまわないよ。何度やっても、結果は同じだ」

ふたりは準備を始めた。

日浦昌虎は、やはり、長いスパッツにタンクトップ姿だった。百地玄洋は、道衣を着る。

やがて、彼らはマットの中央に歩み出た。

「ルールは前回と同じでいいですね？」

日浦昌虎が言った。百地玄洋はうなずいた。

ゴングが鳴る。

下田は、百地が前回より落ち着いているのに気づいた。何か凄味さえ感じられる。何かおもしろいことが起こるかもしれない。彼はそう思い、カメラを構えていた。

下田と同様に、日浦も、百地が前回とは違うと考えていた。だが、彼は気にしなかった。格闘家と伝統武道家の実力の差に自信を持っていた。体格の差もある。

日浦は、今回は、パンチやキックを試してみようと思っていた。すぐに決めてしまってはおもしろくない。

彼は、前回と同じく、左のジャブから入った。すぐさま、右のフック、左のボディーブローにつなげる。見事なコンビネーションだ。

だが、やはり、百地の動きは違っていた。百地は、最初のジャブにタイミングを合わせて鋭く踏み込んできた。

日浦は虚をつかれた。百地は、その瞬間に裏投げを決めていた。

日浦はこらえようとしたが、その暇がなかった。あっという間に崩されていた。

さすがに、技の切れ味はいい。だが、日浦は慌てなかった。『ジュウジュツ・ジャパン』は、倒されてからが問題なのだ。

日浦は、グラウンドに持ち込もうとした。だが、百地は、遠く間を取った。日浦が起き上がるのを待っている。

寝技の応酬はひどく体力を消耗する。スタミナ、パワーともに圧倒的に日浦が勝っているのだ。寝技を受けて立つ気は百地にはないようだった。

(どうせ、長くはもたんさ)

日浦は、立ち上がり、構えた。

体を揺すりながら、前へ出て、パンチを繰り出す。コンビネーション主体のスピードのあるパンチだ。

突然、日浦は、顔面に、衝撃を感じた。ダメージはないが、一瞬、はっと身を硬くしてしまうような衝撃だった。

百地の掌打だった。音と皮膚に対するショックが神経を一瞬パニックに陥れるのだ。

その一瞬を百地は、見逃さなかった。

彼は、すぐさま、日浦の耳の下に、手刀を見舞い、さらに、鋭く腰を切って、脇腹に縦拳《たてけん》を打ち込んだ。下からえぐるように突いていた。肘はちょうど九十度の角度だった。

そのとき、百地は、腹の底から絞り出すような鋭い気合を発していた。

日浦は、首筋と腹にひどいショックを感じたが、彼は自分の体に自信を持っていた。普段からパンチや蹴りを当てているので、打たれ強いのだ。

日浦は、ダメージを押して正面から百地にしがみついた。そのまま、フロント・スープレックスで投げる。柔道の居反《いぞ》りだ。

投げるとすぐに、腕を決めた。腕ひしぎ十字固めだった。

技は、しっかりと決まっていた。

今回は、百地は素直にマットを叩いた。ギブアップの宣言だ。

日浦は技を解いた。

（なんだ。同じ結果か……）

下田は思った。（リターンマッチの甲斐《かい》もない……）

そのあと、近所の焼肉屋に席を取り、対談となった。

乾杯をして、話を始めると、じきに、日浦は、額に脂汗を浮かべ始めた。

みるみる顔色が悪くなってくる。

下田は、それに気づいた。

「どうかしたんですか？　日浦さん……」

「いや……。ちょっと、気分が……。どうしたのかな……」

「腹がすいたんでしょう。低血糖かもしれない」

「そうだな……」

彼は、料理に箸をつけた。

だが、時間がたつにつれて、日浦の様子はさらにおかしくなってきた。

顔が真っ蒼《まさお》だった。額の脂汗が粒になり、流れ落ち始めた。

「いかんな……」

下田が言った。「救急車を呼びましょうか？」

「いや……」

日浦は、断ろうとしたが、すでに彼は、自力で歩けそうな状態ではなかった。

ふと、下田は、百地玄洋を見た。

下田は驚いた。百地は、ひどく冷静な眼で日浦を見ている。

下田は、言った。

「百地さん。ひょっとして、あなたが……。しかし、まさか……」

百地は言った。

「これが私たちの戦いかたなのですよ」

彼は、すっと立ち上がると、まず日浦を仰向けにした。しばらく首を揉《も》んでいたと思ったら、勢いよく音を立てて頸椎《けいつい》の矯正をした。続いて、うつ伏せにして、背骨のところどころを一か所ずつ矯正していった。

最後に、両脇腹から腹のほうに両手を差し込み、ぐっと持ち上げて、すとんと落とした。そして、あらためて仰向けにした。

下田は、じっと日浦の様子を見ていた。

日浦の顔色はみるみるよくなった。

彼は、起き上がった。不思議そうな顔で百地を見つめる。

「嘘のように気分がよくなった」

下田が言った。

「驚いたな……」

「自分がやったことですからね……」

百地は言った。「自分で治せますよ」

「自分でやったって……」

日浦は尋ねた。「いったい何をやったんだ」

「私が、霞《かすみ》をくれたあと、耳の下と、腹を打ったのを覚えていますか？」

霞をくれるというのは、顔面を打って脅かしたり目を打って一時的に相手を動けなくすることを言う。

日浦はうなずいた。

「ああ、だが、あのときはどうということはなかった」

「私は、耳の下にある天鼎《てんてい》というつぼと脇腹にある章門《しょうもん》といううつぼを、特殊な打ち方で打ったのです。そうすることにより、周天法を崩したのです」

「シュウテンホウを崩す？」

「気の巡りを絶ったのです。こう言うと古い言い方に聞こえるかもしれないので、言い換えますと、つぼにある特殊な刺激を与えることで、頸椎や背骨にある神経節に影響を与え、自律神経の働きを乱したのです。ほうっておけば、あなたは、内臓障害や不整脈を患い、悪くすれば、数年後には死んでいたかもしれない」

日浦は顔色を失った。

下田が言った。

「空手に三年殺しという秘技があると聞いたことがありますが……」

百地はうなずいた。

「そう。おそらく、似たような技なのでしょう。だが、伝統を軽んずるために、今の空手家でその技を継いでいる人はいないでしょう。特に、フルコンタクト空手ではもともとそういうことは考えないでしょうからね。彼らは試合のコート上で起こることがすべてと考えているようです」

日浦が言った。

「俺たちもそうだ。俺たちは、リングの上で何かを証明しなければならない」

「だから、私は言ったのです。あなたたちと私たちは、戦いの目的が違うのだと……。戦うために生きるのと、生きるために戦うのとの違いです。どちらが正しいとも、どちらが尊いとも、私は言いません。ただ、立場が違う者が互いに争うのは、無意味です。そうではありませんか？」

「やせ犬の遠吠《ぼ》えだとばかり思っていたのだがな……」

「あなたたちは、武道は進化するのだといつも言われる。私もそう思う。ただ、進化にはいろいろあるのだと思うのです。私たちの武道は、生活の知恵、生きるための知恵として進化しました。あなたたちは、技術とパワーの進化を目指している」

「そうだな……」

「柔術を名乗るのなら、古流のこうした一面を知っていていただきたいものだと思いました。それで、私は、禁を破り、秘伝を披露することにしたのです」

日浦は突然、真顔になった。彼は、ひたと百地を見つめた。

「俺は目に見えない強さなどこの世にはないと思っていた。秘伝だの極意などというのは、すべて作りごとで、年寄りたちがもったいぶっているだけだと考えていた。俺の考えが足りなかったらしい。『ジュウジュツ・ジャパン』のためにも、俺はあんたからいろいろなことを学ばなければならないようだ」

「そういうことであれば、喜んで協力しますよ」

『格闘技時評』には、『ジュウジュツ・ジャパン』に対しても美作竹上流に対しても好意的な記事が載り、百地玄洋は胸をなで降ろした。

彼は、その後も、目黒区の公共施設を借りて指導をしていたが、その稽古場に日浦昌虎と下田が顔を出すようになった。

日浦昌虎は古流の柔術を研究するという目的でやって来ていた。下田も彼なりの目的があったのだ。

「ねえ、百地さん」

下田は、言った。「美作竹上流の秘伝にはどんなものがあるんです?」

「そんなこと教えられませんよ」

「取材させてくださいよ」

「だめですよ」

「特集組みたいんですよ」

「だめったらだめですよ」

日浦昌虎は、そのふたりのやり取りを聞いては、いつも大笑いをした。

血と埃のバラード

1

「おや、クロさん。顔色が良くないね」

番組制作プロダクションのベテラン・スタッフが、黒田才蔵《くろださいぞう》に声をかけた。

黒田才蔵は、小さく「そうかい」と言ったきり、目を伏せてしまった。

「二日酔いかい」

「とんでもない」

黒田才蔵は肩をすぼめた。「ボトルを空《あ》けたって二日酔いなんかするもんか」

「見栄を張りなさんな。もう若くないんだ。いくつになった？」

「三十までは覚えてたな」

彼は、笑ってみせた。笑いがぎこちなかった。「三十過ぎてから年を数えるのをやめたんだ」

ベテラン・スタッフは眉をひそめた。

「あんた、本当におかしいぜ。具合が悪いんじゃないのか」

「おかしい？　そうだろうな」

黒田才蔵は言ってまた下を向いた。

スタッフは、その手がかすかに震えているのに気づいた。

黒田は、黒いウレタンフォームのぬいぐるみを着ており、首だけ出していた。ぬいぐるみが、体の震えを隠してくれるはずだった。

「驚いたな」

スタッフはつぶやくように言った。「あんたでもこわいのかい」

黒田才蔵は溜め息とともに「ああ」と言った。「地面に仕掛けた火薬が爆発する。続けて三発だ。その上を、俺がオートバイでジャンプする。爆風や土埃《つちぼこり》をもろに浴びるんだ。火傷《やけど》だってする。テレビで流れるのは、ほんの数秒だ。だが、俺はそのカットのために命を落とすかもしれない」

「命を落とす? これっぽっちのスタントで天下の黒田才蔵が? 冗談だろう」

スタッフは、大袈裟《おおげさ》に両手を広げて言った。「ハリウッドへ行けば、アクション・スターが振付けをしてくれと頭を下げに来る黒田才蔵だぞ。香港《ホンコン》へ行けば、カンフー映画の一流プロデューサーが名指しでアクション・シーンの依頼に来る黒田才蔵だぞ」

「いつもやられ役だがね」

「やられ役、結構じゃないか。主役が引き立つのはやられ役がうまいからだ。『殴られ屋の才蔵』と言えば、『本編の世界』ではちょっとは知られたもんじゃないか」

『本編の世界』というのは、劇場用の商業映画を指す言葉だ。

「その『本編』の仕事がないんだよ。だからこんなグロテスクなぬいぐるみを着て、バイクで花火の上を飛び越したりしなくちゃならないんだ」

ベテラン・スタッフは周囲を見回した。

広い石切り場の平地に、若い技術者が爆薬をセットしていた。

カメラのまわりでは、助監督を中心に段取りの説明が繰り返されていた。

ベテランの火薬技師は黒田に言った。

「あんたなら、ほかに楽な生き方があるだろう。生徒を募集してインストラクターになるとか……」

彼は、黒田を見降ろしていたが、膝を折って顔をのぞき込んだ。「これは、まえまえから言おうと思っていたことなんだ」

黒田は黙って下を向いていた。

やがて彼は言った。

「そういうのは性《しょう》に合わないんだ。知ってるだろう」

彼は顔を上げ、そしてまた眼を伏せた。

「こんな役だってあるうちはましだ。ちょっと油断してりゃ、すぐ若いやつらに仕事を持ってかれちまうんだ。冗談じゃない。俺はまだまだやれるんだ。ヒヨッコどもに俺の縄張りを荒らされてたまるもんか」

「……そして、そうやって蒼《あお》い顔をして震えているわけだ」

「スタントマンは誰だってそうだ。仕事のまえに震えないやつはいない」

火薬技師は言った。

「ま、せいぜい気をつけるこった」

彼は立ち去ろうとした。

黒田が彼を呼び止めた。

「何だ？」

「きょうは、火薬のスイッチを押すのはあんたかい」

「そうだよ」

「そうか」

黒田はうなずいた。「それを聞いて安心した。これで死んでも成仏《じょうぶつ》できそうだ」

「よせやい。夢見が悪いや」

黒田はヘルメットが内蔵された、『機械獣』だか『戦闘獣』だかといった化け物の首をすっぽりとかぶった。

カワサキの二五〇をベースに、撮影用に改造されたバイクにまたがり、エンジンをふかす。

二〇〇メートル先でスタッフたちが、地面に仕掛けた火薬や電気による起爆装置を入念にチェックしている。

黒田のかたわらには、トランシーバーを持った若者が立っている。

その若者が、黒田に「お願いします」と言った。

黒田は、エンジンの回転を上げ、左手のクラッチをつないだ。

前輪をわずかに浮かしながらバイクがダッシュした。

ジャンプ台がどんどん迫って来る。

黒田は、コースを変えて、バイクを止め、もう一度やり直したい衝動に駆《か》られた。

しかし、それを自分で一度でも許してしまうと、何度も同じことを繰り返さねばならないことを彼は知っていた。

彼は右手のスロットルを戻さなかった。

前輪がジャンプ台にかかる。と思った瞬間バイクは、空中に飛び出していた。

黒田は空中でバランスを取るためにハンドルを切った。

そのとき、続けざまに、地面で爆発が起こった。

バイクの真下だった。砂や小石が爆風とともに黒田を襲った。

わずかにバランスを崩した。着地までに立て直さなければ、黒田は大きく放り出されることになる。

ぐんぐんと地面が迫った。

黒田は前輪を必死に上げようとした。

両足にしたたかな衝撃が伝わった。何とか後輪から着地できたのだ。

だが、前輪の角度が悪かった。

黒田は、暴れる牛の角をねじ伏せるようにハンドルをコントロールしようとした。

前輪は、二度、三度とバウンドした。

車体は傾いて、弧を描いた。

爆発の音に続いて、激しい金属音が響いた。バイクは地面に倒れ、黒田は二メートル離れた場所へ投げ出されていた。

スタッフがいっせいに駆けつけた。

悪役のグロテスクな機械獣は、うつ伏せに倒れたまま動かなかった。

ふたりがかりで、その怪物を仰向けにする。

黒田の手が動いた。彼は、助け起こそうとする手をはらいのけ、ぬいぐるみの首を外した。

スタッフたちは、その蒼白《そうはく》な顔を見て、一瞬たじろいだ。

黒田は立ち上がった。

「動かんほうがいい」

誰かが言った。

「だいじょうぶだ。こんなに分厚いライダースーツを着てるんだからな」

黒田は言った。「いい絵、撮れただろうな」

「気分が悪いんじゃないですか」

「平気だ」

黒田は興奮していた。「ちょっとしたショックだ。吐いちまえばすぐ楽になるんだ」

彼は、歩き出した。

スタッフが作った円陣を五、六歩離れたとき、黒田は、言葉どおり、地面に胃のなかの物を吐きもどした。

2

仄暗《ほのぐら》い明かりが、豪華なダブルベッドをわずかに照らしており、その周囲には、衣服が散らばっていた。

シャツ・ブラウスやコットンのミニスカートは、ティーンエイジャーのものだった。

投げ出された下着は純白だった。

広いベッドの上で、白い裸体がうごめいている。成熟しきった女の体ではなかった。どこか蒼さの残る少女の体だった。

その上に、男が覆《おお》いかぶさっている。男は服を着たままだった。

上着とネクタイは、ふたり掛けのソファに放り出されている。男の白いワイシャツが薄暗がりのなかで動いていた。

裸体の少女の動きは、快感によるものではなかった。男に押さえつけられ、それから必死に逃れようとしているのだった。

彼女はくぐもった呻《うめ》き声を上げていた。ほとんど泣いているのだった。

少女は、口のなかにストッキングを詰め込まれ、ハンカチで猿轡《さるぐつわ》をかまされていた。

手首は、ベルトで縛り合わされている。

男の手は、その少女の体の上を巧みに動き回った。

細い首を。

たるみのない二の腕を。

吸いつくようになめらかな脇腹を。

柔らかい腰を。

そして、弾《はず》むように張りのある乳房を、男は念入りに撫で回した。

男の手には、けっして力が入らなかった。風が草原を撫でるように、あるいは、泡雪が降り積むように、若々しい体を這《は》い続けた。

少女は、屈辱と嫌悪感に涙を流していた。

悔《くや》しくてたまらなかった。大声で泣き叫びながら、上にいる男を殴り殺し、部屋のなかをめちゃくちゃにしてやりたいと思っていた。

だが、少女は、そんな気持ちに反して、自分の体が反応し始めたのに気づいていなかった。

彼女の小さい乳首は、大豆のように固くなったりしぼんだりを繰り返し始めていた。

男は、指に加えて、唇を使い始めた。

少女の全身が魚のようにビクリと震えた。

唇と舌によって男の攻撃はいっそうねばっこさを増した。

やがて男は、手を太腿の間に這わせてきた。指が、女性の部分に触れた。

少女は喉の奥から声をしぼり出して、身をのけぞらせた。腰を引き、太腿をこすり合わせて、何とか男の手から逃れようとする。

男の指は執拗《しつよう》だった。逃れることはとうていできなかった。

唇と指は、少女の首筋や耳、そして胸を這い続けている。

男の指が彼女のなかに浅く分け入り、中心を捉《とら》えた。

少女は、声にならない悲鳴を上げ、激しくかぶりを振った。

彼女は突然、気が狂ったように暴れ出した。のけぞったと思うと、逆に背を丸め、足で宙を蹴った。

しかし、男はあくまで冷静だった。

唇と舌で胸を、そして、指で彼女の中心を刺激し続ける。

彼女は、体の奥底から熱い波がこみ上げて来るのを感じた。今まで、ずっとそれを恐れていたのだ。彼女はそれを自分で許したくなかった。しかし、どうしようもなかった。男の巧妙な愛撫が、彼女の体に直接、訴えかけているのだ。

少女の激しい抵抗がやんだ。

悲鳴とは違う呻きが洩《も》れ始める。

男はいっそう念入りに指を動かした。ついに彼女は潤い始めていた。

男の唇と舌が胸から腹へと下がっていった。少女は男の目的を知って、激しくかぶりを振った。

男はかまわずに、彼女の体を下がっていった。そして、少女の股間に唇を押し当てた。

少女にとってまったく未知の感覚だった。思わず腰が浮いてしまった。

男は、舌で彼女の中心を刺激した。

少女は、その感触に恐怖すら覚えた。小さな波がいくつも体を駆け抜け、やがて、その間隔が短くなり、ひとつの大きな波がやって来た。

少女の頭のなかが真っ白にはじけた。

彼女は、長く尾を引く声を上げていた。

男は満足げに顔を上げると衣服を脱ぎ捨てた。彼女の体の上を滑り上がり、ゆっくりと侵入していった。

少女は、短く呻いた。

男が規則的に動き始める。もはや、少女に抵抗する気持ちはなかった。

男は動きながら、彼女の猿轡を外した。

少女は、甘い声を上げるだけだった。

やがて彼女の体のなかを、再び大きな快感の大波が駆け抜けていった。

力いっぱいのけぞったあと、彼女は、きつく眼を閉じたまま、つぶやいた。

「先生……」

行為のあと、背を向けている少女を後ろから抱きながら、男が言った。

「おまえは、まだ産毛《うぶげ》が濃いな。だが、それがまたいい」

男は、少女の二の腕を撫でた。一瞬、彼女の体に力が入った。「さ、また可愛がってやるから、先生のために働いてくれ」

「クロさんよ。悪いことは言わん。あまり、無茶をやらんことだ」

外科医の滝沢良一《たきざわりょういち》が言った。「もう若くはないんだからな」

黒田才蔵は、診察台にうつ伏せになっていた。

「……で？　どうなったと言うんだ、この俺の体は」

「信じられんことに、腰の打撲だけだ。しかし、背を強く打っている。こんなことを続けていたら、今に取り返しのつかないことになる」

黒田は、顔をしかめながら起き上がった。

「どうなるってんだ」

滝沢医師は、カルテに何事か書き込みながら言った。

「背骨ってのはね、ただ体を支えているだけじゃないんだ。なかに、神経が通っていたり、血球を作ったりする大切な器官があったりするんだ。ちょっとずれるだけで、神経が刺激され、あちらこちらが悪くなる」

「釈迦《しゃか》に説法だな」

「そりゃ、あんたはベテランのスタントマンだ。体のことについちゃ詳しいだろう。だが、知ってるだけじゃどうにもならん」

黒田はシャツを着る手を止めて、滝沢を見た。

外科医は言った。「腰痛があるだろう。そいつは爆弾をかかえているようなもんだ」

「医者はいつも大袈裟だ」

滝沢は、カルテの上にボールペンを投げ出した。

「大袈裟に言うときもある。だが、そうでないときだってあるんだ。いいか。あんたの体は、盛りをとっくに過ぎてるんだ。私は、三十五歳だ。あんたと、ほぼ同じ年だ。だから実感としてわかる。もう無理のきく体じゃなくなってきているんだよ。筋肉はどうしたって衰えていく。背骨の軟骨だって固くなってきている」

「腰痛とは長い付き合いだ。今さら、どうってことないよ」

「普通の生活をしている限りはね。そいつは私も請け合う。だが、今回みたいな無茶をしていたんじゃ、あんた、いまにオシャカだよ」

「どうなるんだ」

「悪くすると、下半身が動かなくなる」

「悪くするとね……」

医者はじっと黒田を睨《にら》みすえた。

「いいか。危険なことはもうやめろ」

黒田は溜め息をついた。

「あんたの言っていることは正しい。俺も若くはなくなった。あんなチンケなスタントでコケちまうんだからな。まったく考えられんよ」

彼は、滝沢を見返した。「だがな、ほかに何をやれって言うんだ。この仕事から足を洗ったらすぐに飯の食い上げだ。それに、俺は、ほかの仕事なんてやる気はない。体を張って今のところまで登りつめたんだ」

「そいつは充分わかっているさ」

医者は屈しなかった。「あんたなら、アクションの振付けや、殺陣《たて》の指導なんかで充分やっていけるだろう」

「俺は現役なんだ」

「わかったよ。私はこれ以上は何も言わん。現役でやりたいと言うなら、それもいい。人間相手のアクション・スタントなら支障はないだろう。長年鍛えた甲斐あって、あんたの体は格闘技用にできあがっている。だが、五体満足でいたけりゃ、高い場所から落ちたり、走っている自動車から飛び降りたりってのは、絶対にやらんことだ」

短い沈黙があった。

黒田がうなずいた。

「わかった……」

彼はそれ以上何も言わなかった。

「いちおう、湿布薬と消炎剤を出しておくからな」

黒田は戸口へ向かった。

思い出したように、滝沢が言った。

「あんた、最近、坂本《さかもと》氏に会ったか」

「いや……」

彼は、わずかに眉をひそめて滝沢を見やった。「あのモグリの産婦人科医がどうかしたのか」

医者は首を振った。

「あの人はモグリじゃないよ。ちゃんと、医師の免許は持っているんだ。ただ、やってることがちょっと異常なだけさ」

「未婚の若い女専門に赤ん坊を堕《お》ろすのが、ちょっと異常なだけだって言うのか。あんたら医者の感覚というのは理解できんな」

「わかっているくせに……。ああいう人もいなけりゃ困る世の中なんだよ。もちろん、坂本さんのやっていることは医事法に違反していることが多い。しかし、彼に感謝している女性はたくさんいるはずだ。特に、芸能界なんかではね。あの人は、あの人なりの正義感でやっていることなんだよ。あの人は、若い女性が不幸な目に遭《あ》うのを見るのが、何よりつらいんだよ」

「正義感ね……。で？　何か面倒事に巻き込まれているとでも言うのか」

「さあな。詳しくは知らん。暇なときにでも、彼のところに顔を出して、話を聞いてやってくれれば、と思ってね」

「あんたがそういう言い方をするときは、ろくなことがないんだ。俺を引きずり込もうというんだろう。無茶をするなと言ったその舌の根も乾いてないというのにな」

「そうとも、無茶をしなければいいんだ」

滝沢はそっけなく言った。

黒田はドアを開けて診察室をあとにした。

3

子供向けのテレビ番組の撮影は続いていた。

「黒田さん、だいじょうぶですか」

プロダクションの助監督が声をかけて来た。

「何がだ?」

「きのう、バイクで転倒したばかりでしょう」

「ああ、みっともないとこ、見せちまったな」

「僕が言ってるのは、体のことなんですよ」

「おい、年寄り扱いしないでくれよ。あんなのはスタントマンにゃ付きものじゃないか。心配するなよ。きょうは、俺の専門の格闘シーンだ。ばっちり決めてやるよ」

黒田は悪役のコスチュームを着け、ヒーローのマスクをかぶった相手と一対一の戦いを演じることになっていた。

ひとりの若者が近づいて来た。

「黒田さん。黒田才蔵さんですね」

黒田と助監督はその若者を見つめた。引き締まったいい体格をしていた。無駄な筋肉がどこにもなく、付くべきところに貼り付くように付いている筋肉はいかにもしなやかそうだった。

「何か用かい」

　黒田は若者に言った。

「きょう、お相手させていただく奥村剛《おくむらごう》といいます。ちょっと、ご挨拶にと思いまして」

「そいつはご丁寧に……。お手柔らかにな、若いの」

「こちらこそ……。でも、一応うかがっておこうと思いましてね」

「何をだね」

「手加減しなくていいかどうか……。こう言ってはなんですが、アクションはどんどんスピードアップしていますからね」

　助監督が顔色を変えた。

「奥村さん。あんた、この人を誰だと思っているんです。この黒田さんはね……」

「知ってるさ」

　若いアクション・スタントマンは平然と言った。「国際的なアクション・タレントだったんだろう。僕も、見たことありますよ。黒田さんが出た香港映画。よかったと思いますよ、とても」

「そいつは、どうも」

黒田は関心なさげにつぶやいた。

「あの時代にしてはね」

奥村はかすかに笑いを浮かべていた。自信に満ちた笑いだった。「でも、最近は視聴者の眼も肥《こ》えてきましたからね」

「何が言いたいんですか」

助監督が声を荒らげた。

「はっきり言わせてもらいます。仕事のためですからね」

「かまわんよ」

黒田はうなずいた。

「あなたの動きは大きすぎるんです。約束事だってことが、見ている人にはっきりとわかってしまうんですよ」

助監督は、黒田の顔色をそっとうかがった。

黒田は表情をまったく変えなかった。

「せいぜい、気をつけるよ」

「それでは、のちほど」

奥村が去りかけた。

「まだ、あんたの質問に返事をしていなかったな」

黒田が言った。奥村は立ち止まって、振り返った。「手加減は必要ないよ」

「わかりました」

奥村は歩き去った。

「なんてやつだ。礼儀を知らないにもほどがある」

助監督は憤慨してみせた。「あいつはね、テングになってるんですよ。『東京アクション・アカデミー』っての知ってるでしょう」

「アクション・タレントの養成所だろう」

「そうです。そこの一期生でしてね。あいつが『看板』なんですよ。最近はそこでインストラクターもやってるらしいんですよ。まあ、客寄せパンダみたいなもんでしょうがね」

「ほう、若いのにしっかりしてるじゃないか」

黒田は言った。「とにかく、お手並み拝見だ」


奥村のほうがずっと身軽だった。

ヒーローのコスチュームは、悪役に比べてすっきりとスマートにできていた。

黒田は胸や腕にごてごてとくっついた装甲や刺《とげ》に閉口していた。

最初は、お互いに剣を持ってのアクションだった。ヒーローの持つ剣は細身で軽い。オンエアの際にはその刀身に透明な光をかぶせるのだ。

一方、黒田が演じる悪役が持つ剣は、突起のいっぱいある、肉厚の蛮刀《ばんとう》で、結構な重さがあった。

カメラが回り始めた。

奥村は目まぐるしく剣を振り回した。

しかし、無駄な動きはなかった。切《き》っ先《さき》は最低限の小さい弧を描き、隙《すき》をついて伸びて来る。

体さばきも見事だった。

奥村は黒田の蛮刀をすれすれでかわし、素早く体を入れ替えて反撃して来た。

黒田は、何度か胸を突かれた。

厚いウレタンの装飾が防具の役割を果たしてくれたが、それでもあとで痣《あざ》が残るのは明らかだった。

奥村は、約束どおりの殺陣などやる気はないようだった。

彼は、真横に振り抜いた黒田の蛮刀をかいくぐると、いきなり蹴りを見せた。

足刀が連続して二発、黒田の胸に炸裂した。

バランスを崩した黒田は、もんどり打って地面に転がった。

そこでカットとなった。

奥村はヒーローのマスクを外し、倒れている黒田に手を差し伸べた。その顔が笑っていた。

黒田は素直に助け起こしてもらった。

奥村が言った。

「今度は少しスピードを落としましょうか」

「いや」

黒田は悪役の首を外して奥村を見すえた。

「言ったはずだぞ。その必要はない」

奥村は肩をすくめると黒田から離れていった。

次のシーンは、素手の格闘だった。

段取りが終わり黒田と奥村は位置に着いた。監督の声が響き、カメラがスタートする。

黒田は大袈裟な身振りで、ヒーローの奥村に襲いかかった。

奥村は、黒田の右腕をかいくぐりながら、腹に膝蹴りを見舞った。段取りにはなかった動きだった。

相手の攻撃をすり抜けながら、カウンターの膝蹴りを叩き込むというのは、地味だがじつに有効な反撃技だ。

それは、実戦の動きだった。映像向きの技ではない。黒田は、奥村が充分にそのことを心得ていると思った。

その次の瞬間に、奥村は黒田の後頭部目がけて、派手な回し蹴りを放ったからだった。

奥村は黒田を挑発しているのだ。

黒田は腕を大きく振り上げ、奥村の蹴りを受けた。

奥村は、さっと足を引くと身を沈め、片足で地面に大きく弧を描いた。黒田の足を払おうというのだった。

中国武術の『掃腿《そうたい》』という技法の応用だった。

黒田は、バックステップして奥村の足を避けた。

奥村は、地上でブレイクダンスでもするように、足を大きく振り回しながら黒田を追った。

三回転めで、黒田の踵《かかと》がはじかれた。

黒田は、地面に腰から落ちた。

一度、横転してから起き上がる。

「遅いんだよ」

奥村は、スタッフたちに聞こえないような声で囁いた。

立ち上がった黒田は、腹にしたたかな手応えを感じた。

奥村の正拳《せいけん》中段突きだった。彼は、手加減せずに、思いきり打ち込んで来た。

黒田は、派手に後方へ倒れた。

奥村は、ポーズをつけて待ち構えている。

黒田は、起き上がり、ヒーロー目がけて再び襲いかかった。

ヒーローは、右足で地を蹴った。

そのまま右足は大きく外側から内側へ弧を描いた。そのくるぶしのあたりが、突進して来た黒田の側頭に激突した。

悪役は、横にヨロヨロと移動する。

奥村はそれを待っていたようにすかさず、左の上段回し蹴りをカウンターで見舞った。

黒田は、右側頭をかばいながら、左へ体を投げ出した。

彼は、そのまま地面をゴロゴロと転がった。

監督が「カット」と叫んだ。

黒田はぬいぐるみの頭を外し、ゆっくりと起き上がった。

カメラの脇に奥村が立って、黒田を見ていた。自信に満ちた笑いを浮かべている。

「やあ、黒田さん」

奥村が声をかけた。「きょうは、まったくいいとこなしですね。ま、相手が悪かったと思ってください」

黒田は、奥村から眼をそらし、カメラマンに言った。

「よう、いい絵、撮れたかい」

4

坂本伸彦《のぶひこ》は、くたびれ果てた見かけの五十男だった。正規の産婦人科医だとは、誰も信じたがらないだろうと、黒田はいつも思っていた。

「よく来てくれたな」

　坂本は眼鏡の奥の小さな眼をうれしそうにしばたたいて、言った。

　黒田は言った。

「滝沢のところへ行ってきたんだ」

　坂本は心配そうに顔を曇らせた。

「体、悪いのか」

「なに……、滝沢が言うには、無理が過ぎるんだとさ。この年になりゃどこかにガタが来るさ」

「気をつけることだ。滝沢くんは医者としてももちろん、友人としてもあんたのことを気にかけているのだから」

「俺のことはいいさ。きょうは、あんたのことで来たんだ。滝沢の口振りだと、また面倒事に頭を突っ込んでいるらしいな」

　坂本は悲しそうにかぶりを振った。

「まあ、言ってみればよくあることでね。たいていの人は諦めている」

「あんたが言うことだから、察しはつくがね。若い女がまた売春か何かをやっているっていう話だろう」

「ちょっと違うな。やっているのではなく、やらされているのだ。それも、かなり組織だってね」

「あんたがさっき言ったとおりだ。よくある話だ」

「そう。それは、どういうことかわかるかね。それだけ、泣いている女性が多いということさ」

「最近の若い娘どもは、割り切っているんじゃないのかね」

「本当にそう思うかね。だとしたら、あんた、女のことを何もわかっちゃおらん」

「そうかね。ま、今さらわかろうとも思わんがね。いずれにしろ、問題は警察の領分だな。その組織とやらは立派な犯罪行為を犯しているわけだからな」

「知らせたいところだがね。そうすると、傷つく少女が何人か出てくることになる」

「事件を明るみに出したくないと言うんだな」

「できればね。こういうことは、暴《あば》いて社会に知らせたところで誰も喜びはしないんだよ」

「だが、最後は警察の世話にならなきゃな。そうでないと、おさまりがつかないんだ。世の中、そういう仕組みになっているんだよ」

「わかっとるよ。だが、私は、なるべく女の子たちに迷惑がおよばない方法を取ろうと考えている」

「どうするつもりだ」

「組織を束ねている男の首根っこを捕まえて、警察に突き出してやるのさ」

「あんたにそんなことができるわけがないだろう」

黒田はうんざりした顔で、言った。

「できなくても、やらにゃならんのだ。こうしているあいだにも、哀れな子羊が狼の餌食になっているかもしれんのだ」

「哀れな子羊ね……。最近はどっちが狼だかわからない」

「女の涙を毎日のように見て暮らしても、そんなことが言えるものか試してみるといい。つっぱっている女子高生が子供のようにわあわあ泣くんだ」

「わかったよ」

黒田は溜め息をついて、両手を上げて見せた。「俺が行く。それでいいんだろう」

五十がらみの、みすぼらしい産婦人科医は、狡猾そうに笑った。

地下の薄汚れたバーに、黒っぽい化粧に黒ずくめの衣装といった恰好の少女たちが、たむろしていた。

みんな、世をすねたような眼をしている。

それがポーズなのか、実像なのか、黒田にはわかりかねた。

彼女たちは、おとなびて見えた。

あらかじめ坂本伸彦に、彼女らが女子高校生のグループだと聞かされていなかったら、黒田は、このうちの誰かを口説いていたかもしれないと思った。

「先生……」

黒田は言った。「子羊ってのは、もっと可愛いもんじゃなかったかい」

「これで、なかなか、可愛い連中なんだよ」

店の奥からリーダーらしい娘が姿を現わした。両側に女子プロレスの選手みたいな手下を従えていた。

黒田は驚いた。リーダーの女子高校生は、いたってまともな恰好をしていた。その辺のモデルがはだしで逃げ出すほどの美人だった。背がスラリと高く、細い手足はエレガントとさえ言えた。背に垂らした長い髪を見るといかにも育ちの良さそうな感じがした。

彼女は、優雅な仕草で黒田たちを店の奥へ招き入れた。この連中は間違いなく坂本を歓迎していた。

カウンターの脇のドアを入ると六畳ばかりの板張りの小部屋があった。明らかにそこは特別の客だけを招く部屋だった。

リーダーの美少女は、アリサとだけ名乗った。

アリサは、いきさつを話してくれた。

都内には、歌謡学校とか歌手あるいはタレントの養成所といった施設がごまんとある。役者を専門に養成している劇団の研究所などを含めるとその数はさらに増える。

そのなかのひとつに、彼女らの仲間を食い物にしている売春組織が存在しているという。

「私たちは、売春だけはやりません。結局、不幸になるのが目に見えているからです」

アリサは言った。どこか、けだるげで、しかも、あくまで上品な口調だった。

「私たちのようなグループに入る人間は、うまく社会の流れに乗ることができなかった者たちなのです。おとなたちの作ったルールからはみ出して、牙を剝《む》いてみせることでしか自分を表現できないのです。そんななかからも、才能は芽生えるものです。踊りのうまい娘《こ》、歌のうまい娘《こ》、絵のうまい娘《こ》……いろいろです。わたしたちは、そういう娘を、心から応援します。私たちは人一倍、這い上がるチャンスを待ち望んでいるのです」

黒田は、アリサが、あまりにしっかりしているので舌を巻いていた。

ほとんど感動していると言ってよかった。

彼は言った。

「……で、ある芸能学校へ行ったあんたの仲間が無理矢理に客を取らされているというわけなんだな」

「はい。私たちのような女は立場が弱いのです。たいていの者が補導歴を持っています。誰にも助けを求められずにいたのです。こちらの坂本先生に話を聞いていただくまでは……」

「彼女らの仲間のひとりが、ついに妊娠しちまってね」

坂本が悲しげに言った。「私のところにやって来たその娘から、ようやく事情を聞き出したというわけさ」

「それで、その芸能学校と売春組織の首謀者の名前はわかっているのか」

黒田は尋ねた。

アリサは、きっぱりとうなずいた。彼女はそれを黒田に教えた。

それを聞いた黒田は、ゆっくりと身を起こし、目を細めた。

5

黒田は、アリサに言って、『東京アクション・アカデミー』の入学手続きを取らせた。

敵にとって、アリサほどうまそうな餌はないはずだ。

アリサを囮《おとり》に使うと知って、グループの女子高生たちはいきりたった。それを黙らせたのは、アリサ本人だった。

アリサは、いたって真面目な研究生に見えた。容姿も見事なまでに芸能界向きだった。彼女は何もしなくても目立つ少女だった。

『東京アクション・アカデミー』の看板インストラクター、奥村剛が目をつけるまで、それほど時間はかからなかった。

アクション・タレントの基礎である器械体操のレッスンが終わり、ロッカー・ルームへ向かおうとしたアリサは、インストラクターの奥村に声をかけられた。

「何でしょう?」

汗を拭きながらアリサは奥村に尋ねた。

「石田理沙《いしだりさ》さんですね」

石田理沙というのは、この養成所に入学するために使った偽名だった。

アリサはうなずいた。

「あなたには、入学当初から注目していました。じつは、急な話なのですが、テレビドラマの役に、ひとつ空席ができましてね……。単発の二時間ドラマなんですが、僕は、いいチャンスだから、あなたを推《お》してみようと思っているんです」

「私が、テレビドラマに……。でも、私はまだ入学したばかりですし……」

「そんなことは関係ありません。何年いても芽が出ない人間もいれば、すぐにチャンスが巡って来る者もいる。いいですか、それが芸能界なんです」

「はい……」

「局のプロデューサーたちに直接紹介しようと思うんです。今夜、十時にここへ来てください」

奥村は小さなメモを手渡した。そこには、ある一流ホテルの名と部屋番号が書かれていた。

「いいですね。オーディションのつもりでね」

そう言うと彼は、足早にアリサから離れて歩き去った。

アリサは着替えて、溜まり場の地下のバーへ向かった。

カウンターで、黒田がトニックウォーターを、坂本がビールを飲んでいた。

「やっと、お呼びがかかりました」

アリサは黒田に言った。

黒田と坂本は無言で顔を見合わせた。


「あの……、プロデューサーの方とかは……？」

ほのかに明るい間接照明の部屋を見回しながら、アリサは奥村剛に訊いた。

そこはスイートルームのリビングだった。

奥村はブランデーをグラスに注いで、もてあそんだ。

「都合で来られなくなった。オーディションは、僕ひとりでやることにした」

「なるほど……」

アリサは、ベッドルームのドアに眼をやり、含み笑いをしてみせた。「そういうことなの？」

「ほう……」

奥村は意外そうな顔をした。しかし、すぐに自信に満ちた笑顔に変わった。「うぶなお嬢さんだとばかり思っていたが……。こいつは、話が早そうだ」

彼は、ブランデーを一気に飲み干し、アリサに近づいた。

肩を抱こうとすると、アリサはその腕をすり抜けた。

「あたし、暴力的なのが好きなの」

彼女は、美しい顔に小悪魔的な微笑《ほほえ》みを浮かべて言った。「捕まえて、めちゃめちゃにして」

奥村の眼が異様に輝いた。彼は、これまでにない興奮を味わっていた。

奥村は、アリサを追い回し始めた。アリサは、器用に男の手をかわし続ける。

奥村の手がアリサのワンピースの襟にかかった。彼は、力をこめて引き裂いた。

黒いブラと、それを持ち上げている白い豊かなふくらみがあらわになった。

アリサは、出入り口のドアを背にして立った。

奥村の眼は、アリサの胸に吸いつけられていた。彼は、アリサが、ドアのロックを外したのに気がつかなかった。

奥村は、じわりじわりとアリサに迫った。彼女は、男を充分に引きつけておいてから、さっと身を翻《ひるがえ》して、ベッドルームへ逃げ込んだ。

奥村は、喜びの表情をあらわに、彼女を追った。ついにアリサは捕まった。

彼女は、ベッドに押し倒された。男は、ワンピースを乱暴に剝《は》ぎ取って言った。

「暴力的なのが、好きだと言っていたな」

彼は、アリサの胸のふくらみを鷲づかみにした。

「ようし、そこまでだ、奥村」

背後で声がして、思わず彼は振り返った。

その瞬間にカメラのストロボが光った。


「黒田才蔵……」

奥村は茫然としている。「いったい、どうして……」

「俺は、その娘《こ》の保護者でね。こういう真似をされると、黙っちゃいられないというわけだ」

アリサは、奥村を撥《は》ねのけ、黒田の後ろへ回った。そこには、着替えを持った坂本がいた。

「……はめやがったな」

奥村はベッドから起き上がり、黒田を睨みすえた。

「いまごろ気がついたか」

奥村の眼が剣呑《けんのん》な光を帯びた。

「あんた、馬鹿な真似をしたもんだ。相手を考えるべきだったな。三人とも無事にこの部屋を出ることはできない」

「どうかな」

「忘れたのか。あんたの腕じゃ俺にかなわない」

奥村は身構えた。

黒田は、あとずさり、カメラを坂本に手渡して言った。

「ふたりとも、離れていろ」

奥村は、いきなり順蹴りの足刀を二連発で見舞って来た。順蹴りというのは、前にある足で蹴ることを言う。破壊力より、スピードを重視した蹴りだ。

黒田は、ぎりぎりで足刀を見切りながら、リビングルームへと後退した。

奥村は、足刀を降ろす。同時にくるりと背を向け、逆の足で後ろ回し蹴りへとつないだ。

しかし、奥村の狙ったところに黒田はいなかった。

奥村が蹴り足を引きつけて、床に降ろす瞬間に、黒田の足がそれを刈っていた。

踏みとどまろうとする奥村の胸を、懐にスッと入って来た黒田の掌底が、したたかに叩いていた。

奥村は、あっけなく床にひっくり返っていた。

彼は、驚愕の眼差《まなざ》しを黒田に向けた。

「あんたの動き……。このあいだと、まるで違う……」

「当然さ。撮影のときはカメラを相手に格闘をする。だが、今は、あんたを相手に戦っている。それだけのことさ」

奥村は罵声《ばせい》を上げて、跳ね起きた。

ジャブ、フック、クロスアッパーを一瞬のうちに繰り出し、左右のローキックへとつなぐ。典型的なフルコンタクト空手の攻撃だった。

相手のパンチを、黒田は外側へ小さくステップするだけでかわした。ローキックには、膝を合わせた。

蹴って来る足に向かって膝を突き出すのは、防御と同時に攻撃でもある。相手の足にダメージを与えることができるのだ。

奥村は脛《すね》の痛みをこらえ、ワンツーを打ち込んで来た。

黒田は退がらず、二発目のストレートにタイミングを合わせた。

黒田の拳が、奥村の腕をすり上げるように伸びた。カウンターで人中《じんちゅう》――鼻と上唇のあいだにある急所に命中する。

奥村は、目を剝いてのけぞり、悲鳴を上げた。人中を突かれる痛みに耐えられる者はいない。

黒田は、最小限の動きで奥村を翻弄《ほんろう》していた。力の差は歴然だった。

奥村は、充血した眼で黒田を睨み、顔面目がけて突きを放った。

黒田は、その場で腰を低く落とし、右の掌底を突き出した。

掌底は、奥村の水月《すいげつ》――鳩尾《みずおち》の急所を捉えた。

奥村は、二メートル後方へ吹き飛び、壁に激突した。そのまま、ズルズルと崩れ落ちる。完全に、戦意を喪失していた。

奥村を見降ろし、黒田は言った。

「売春組織の顧客リストがあるだろう。そいつのありかをしゃべってもらおうか。おっと、あせらなくていい。時間は、たっぷりあるからな」

撮影現場のそばに、黒ずくめの少女の一団が陣取っていた。

スタッフたちは、おっかなびっくりそちらのほうを見やっていた。

「何でしょうね、あれ」

助監督が黒田のところへやって来て言った。

「知らなかったのか」

黒田は言った。「ありゃ、俺のファンだよ」

「え……」

黒田は、彼女らに向かって手を振った。何人かが、恥じらいながら同様に小さく手を振り返してきた。

黒田は、それを見て、坂本が言った『可愛らしさ』がわかったような気がした。

幻の秘拳

1

増村秀明《ますむらひであき》選手の名がアナウンスされ、彼は、コートに上がった。八メートル四方のコートだ。

相手は、ジェフ・ワイルドという名のアメリカ人だった。

増村秀明は、視線を上げて、帯の上を二度三度と両手で叩いた。コートには、赤と白の短いラインが引かれている。試合開始線だ。

増村は、赤いほうのラインに歩み寄った。

空手道世界選手権大会の準々決勝だった。実力からいって、この試合が事実上の決勝戦と言われていた。

大会は、フランスのパリで開かれていた。国際空手道連盟（ＩＦＫＯ）の正式ルールによる国際試合だ。技ありに一ポイント、一本に二ポイントが与えられる。六ポイント先取りしたほうの勝ちとなる。いわゆる寸止めというルールだが、直接打《だ》突《とつ》に対する制限はゆるくなる傾向にあった。多少当てても、反則は取らずに、技のほうを取るというのがＩＦＫＯルールの基本姿勢だった。

スタントマンの黒田才蔵《くろださいぞう》は、後輩にあたる増村が落ち着いているのを見て満足していた。

増村は一七〇センチ弱の小兵《こひょう》だった。ジェフ・ワイルドは、一八四センチもあった。向かい合ったふたりは大人と子供だった。

しかし、黒田は、増村の実力を信じていた。

主審は、ドイツ人、副審はイタリア人だ。IFKOの審判は、ふたりで、向かい合って試合を見るところから、ミラー方式と呼ばれている。

主審が日本語で「ハジメ」とコールした。

増村秀明は、左肩を前に出して半身に構えた。両手は握って胸の高さに置いている。両足に、均等に体重をかけて、踵《かかと》を浮かしている。軽快なフットワークが彼の売り物だった。

一方、ジェフ・ワイルドのほうは、完全に左肩を相手に向けている。右手で顎をガードし左の肘でボディーをかばうような構えだ。蹴りが得意なことを意味していた。

増村は、小刻みにジャンプしながら、じっくりと間合いを測っている。

ジェフ・ワイルドは、無表情に増村を見すえていた。黒田才蔵は、その表情を見て、ふと気になった。競技者の眼ではないと感じたのだ。

次の瞬間、ジェフ・ワイルドの右足がすっと引き寄せられた。同時に、左の足刀横蹴りが、増村の顔面を襲った。

増村は、左手でさばきつつ、左側に小さくステップした。足刀は、顔面のすぐ脇をすり抜けていった。危なげのないさばきだった。

ジェフ・ワイルドは、左足を床に降ろさずそのまま、後方へ回した。踵で、増村の顔面を狙ったのだ。

増村は、スウェイバックしながらバックステップする。ジェフ・ワイルドの踵は増村の顔の前を通り過ぎた。

ＩＦＫＯ国際ルールでは、上段に蹴りが決まれば、技ありでなく一本を取れる。つまりひとつの技で二ポイント稼げるのだ。日本の選手に比べ、欧米選手は蹴り技を好む。香港《ホンコン》映画やフルコンタクト系空手の影響なのだが、国際ルールでは、そういった好みが反映されている。

ジェフ・ワイルドは大技をかわされ、腰を入れ替えた。右の前蹴りにスイッチしようとしたのだ。

増村の判断力は素晴らしかった。ジェフ・ワイルドが右の蹴りを出そうとするその瞬間に飛び込んでいた。伸びのある右中段逆突きが、決まった。体重が片足に移動する最中だったジェフ・ワイルドは、そのまま尻餅をついてしまった。

主審が、右手を高々と上げた。一本を宣したのだ。黒田才蔵は、思わず微笑《ほほえ》んでいた。今の中段突きは、自分でもかわせなかっただろうと思った。後輩の成長ぶりがうれしく、同時に、取り残されたような淋しさを感じた。

ふたりは再び試合開始線に戻った。試合が続行される。

今度は、増村のほうからしかけた。刻み突き、逆突きのワンツーを、二度連続して放った。

ジェフ・ワイルドは、素早く後方に退がったが、増村の追い足の鋭さが勝った。二度目のワンツーが、ワイルドの胸板に決まり、増村は、さらに、鋭角的な回し蹴りを、脇腹に見舞った。

突きと蹴りの連続技で二ポイントを上げた。連続技が決まれば、一本と同じ扱いになるのだ。

格が違うと黒田は思っていた。彼は増村の勝利を疑わなかった。

このように、寸止めルールといっても、最近の風潮では、中段は打ってもかまわないということになっている。

試合は続けられた。ジェフ・ワイルドがにわかに用心深くなった。増村も、一度は奇襲に成功したものの、うかつには攻められなくなった。

間合いのさぐり合いが続いた。

いきなり、ジェフが前に出た。

増村は、カウンターで刻み突きを合わせた。ジェフ・ワイルドはそれを読んでいた。増村の左袖を握り、外側にステップして、足を払う。

増村は、大きな足に払われ、さらに、左袖を上方にぐいと引き上げられていたので、たまらず転倒してしまった。

主審は「やめ」をかけなかった。ＩＦＫＯルールでは、倒してからの一撃も一本技となる。

ジェフ・ワイルドは、膝を折って体勢を落とした。その落下の勢いを利用して、増村の胸の中央に左正拳《せいけん》を叩き込んだ。

「一本」が主審によって宣せられた。ジェフ・ワイルドは、白の試合開始線まで戻った。

黒田は思わず眉間を寄せ、顔を曇らせた。

増村が倒れたまま起き上がらない。主審が歩み寄って様子を見る。彼は、さっとひざまずき、顔色を変えた。

主審は、ドイツ語で叫んだ。

「ドクトール！」

背広丈の、今ふうの白衣を着た医者が、黒い鞄を手にコートに上がった。増村の様子を診《み》る。会場がざわついた。

日本選手団のコーチが、慌ててコートへ駆け上がろうとした。黒田も思わず席を立っていた。

コーチと黒田は大会係員に押さえられた。

「どいてくれ」

黒田はフランス語で言った。「選手の様子が知りたい」

そのとき、タンカが持ち込まれた。増村はぐったりとして動かない。口から血が流れているのが見えた。黒田は、ひどく不吉なものを感じた。

増村がタンカでコートの外へ運ばれて来た。医者が付きそっている。コーチや日本の選手たちがタンカに駆け寄った。

黒田は医者をつかまえ、フランス語で尋ねた。

「この選手の容態はどうなんだ？」

医者は、たいへん深刻な表情でかぶりを振った。

黒田は頭のなかが白くなっていくような気がした。「それは、どういう意味だ？」

「何だ……？」

医者が静かに言った。

「たいへん残念な出来事です。あの選手はすでにこときれています」

黒田はタンカのほうを向いた。彼は衝撃のため身動きできなかった。コーチや選手たちが、タンカの上の増村にすがって、さかんに何か叫んでいるのが見えた。しかし、黒田にはその声は聞こえなかった。

黒田才蔵は思わず、ジェフ・ワイルドを見上げていた。ジェフ・ワイルドは、主審に何ごとかさかんに訴えていた。たいへんうろたえているように見えた。そして、主審から何かを告げられると、うなだれて、首を悲しげに振った。

ジェフ・ワイルドは、罪の意識にさいなまれているようだった。

だが、黒田才蔵は、それが演技のような気がした。彼は、映画の世界で生きている。演じている人間にはたいへん敏感なのだった。

なぜ、演技だと感じたのか、理由は自分でもわからない。しかし、黒田はそのとき確かにそう思った。

大会は一時中断された。増村秀明の死亡は、試合中の不幸な事故だと正式に発表された。

三十分後、試合は再開され、ジェフ・ワイルドが決勝に進出することになった。決勝戦はアメリカ人同士の対戦だった。その結果、大会の一位から三位までは、すべてアメリカ人が独占したのだった。

2

黒田は、西麻布に古くからあるカウンターバーで、ひとりグラスを傾けていた。三十歳を過ぎて酒に弱くなったことを自覚していたが、それでもウイスキーを水で割る気にはなれなかった。

昔はショットグラスで生《き》のまま飲み干したものだが、今はさすがに妥協してオンザロックにしていた。

時間帯が早く、客は黒田だけだった。バーテンダーは、六十歳を過ぎた白髪のベテランで、黒田の沈んだ様子を見て、話しかけては来なかった。

店のドアが開き、バーテンダーが「いらっしゃい」と言った。

黒田はその客がとなりのスツールに腰を降ろすまで顔を上げずにいた。初老の男が、黒田を沈痛な表情で見つめていた。

「増村のことは聞いたよ」

彼は、かつてある映画会社で助監督をやっていた安田《やすだ》という男だった。火薬を扱うのが得意で、今はテレビの特撮番組などの制作を請け負うプロダクションのスタッフをやっている。黒田とは古いつきあいだった。

黒田は小さくうなずいただけだった。

「気持ちはわかるが――」

安田は言った。「仕事を断わって、毎日飲んだくれてるなんて、クロさんらしくないじゃないか……」

黒田は黙ってウイスキーを飲み干した。

「なあ、しゃきっとしてくれよ、クロさん。あんた、世界の黒田才蔵なんだ。ハリウッドへ行けば、名監督が格闘の振付けをしてくれと頭を下げに来る。香港へ行けば、カンフー映画の一流プロデューサーが名指しでアクション・シーンの依頼に来る……」

黒田は溜め息をついて下を向いた。疲れ切った男の姿だった。

「だらしがないのはよくわかっている」

黒田はようやく口を開いた。「だが、今は仕事をする気になれない……」

安田は、バーテンダーにビールをたのんだ。

黒田は、増村が喜び勇んで、日本代表の強化選手に選ばれたことを告げに来た日を思い出していた。

黒田は、子供向け特撮番組のロケ地で、出番を待っていた。増村がそこへ駆け寄って来た。

「どうしたんだ、おまえ。こんなところへ……」

「黒田先輩。やりましたよ。世界大会の日本代表に選ばれたんです。組手の無差別級です」

「ほんとうか」

「はい」

「おおい、みんな、聞いてくれ」

黒田は喜びのあまり、周囲のスタッフに声をかけた。「こいつは、俺が通っていた空手道場の後輩なんだが、今度、世界大会の代表に選ばれたんだぞ」

「先輩。ちょっと、やめてくださいよ」

「いいじゃないか。名誉なことだ。しかし、ちびで気が弱かったおまえがなあ……」

「先輩にはずいぶんしごかれました。道場に初めて顔を出したのは、僕が高校生のときですから……」

「そうだ。もう何年になるかな……」

「あれから、もう十年ですよ」

「そんなになるか……。俺も年を取るはずだ。当時は、俺もばりばりの現役選手で血の気も多かった」

「どこの試合に行っても、連戦連勝の先輩は、僕らの誇りでした」

「今は、その役をおまえがやっている。今、何段だ？」

「三段です。でも、僕ももう二十八です。現役の選手は、そろそろ難しくなってきました。今回の世界大会が、おそらく最後の大きな試合になると思います」

「おい。空手ってのはな、奥が深いんだ。試合なんてのは、空手の世界のほんのわずかな部分にしか過ぎないんだぞ」

「わかってます。空手は一生続けていくつもりです」

「それでいいんだ。しばらく待っていろ。前祝いに一杯おごろう」

「前祝い？」

「そうさ。世界大会優勝のな」


「クロさん……」

安田の声で現実に引き戻された。「ひとりになりたいなら、そう言ってくれ。俺は消えるから……」

黒田は、グラスのなかの氷を鳴らして、じっとそれを見つめていたが、やがて言った。

「いや」

彼は自分でグラスにウイスキーを注《つ》いだ。

「いてくれ。今夜はいっしょに飲もう。明日からは、ちゃんと仕事もする」

「そいつを聞いて安心したよ」

「ただ、すっきりしないことがひとつあるんで、それを調べてみたいと思ってるんだ」

「増村に関係あることか？」

「そう」

安田はかぶりを振って、ビールをあおった。

「止めやしないよ。どうせやめろと言ったって、あんた、やるんだろう？」

「そうだ。他人はだませても、自分はだませない――違うか？」

「やばそうな話なのか？」

「場合によってはな」

「聞かなかったことにするよ。俺は、あんたと違って自分をだますことができるんだ。人生経験がもたらした知恵というやつだ」

「どうやら俺は、それを学びそこなっちまったらしい」


仕事の合い間をみて、黒田才蔵は小さな外科医院へやって来た。

院長の滝沢良一《たきざわりょういち》は、黒田の顔を見るとぶっきらぼうに言った。

「またどこかぶっ壊れたのか？」

「きょうは修理に寄ったんじゃない。おシャカになっちまったやつのことで来たんだ」

「例の空手の試合の件か？」

「そう。調べてもらえたか？」

滝沢院長はうなずいて、机の引出しから、ファクシミリで送られて来た数枚の書類を取り出し、あらためて見直した。

「死亡診断書だ。こいつを手に入れるには苦労したが、まあ、蛇《じゃ》の道は蛇《へび》でね……」

「……で？」

「拳による直接打突で、左側第五肋軟骨《ろくなんこつ》および胸骨が骨折。胸骨の破片が心臓を損傷した。一瞬にしてそれだけのことが起きたわけだが、死因は、心臓に骨が刺さったときのショックだろうね」

「わかった……」

「不幸な事故だったな」

「そう。みんなそう言う。だが、じつはそうじゃない」

「……どういうことだ？」

「空手の組手競技そのものに無理がある。俺はいつもそう考えていた」

「まあ、その点については同感だね。素手で直接相手の体を殴打するわけだ。外科医としては、こんなものスポーツとは認められんね」

「そして、最近は、相手の体を殴ることに誰もがたいへん無神経になってきている。だが、本来、空手の破壊力がまともに決まれば、相手が無事でいるはずがないんだ。流派によっては、上段だけは危ないということで顔面を殴るのを禁じたりしているが、中段だって同じことなのさ」

「つまり、おまえさん、この事故は起こるべくして起こったと言いたいわけか？」

「それもある。だが、本当に言いたいのは、こいつは事故じゃないということだ」

「事故じゃない？　おい、いくら可愛がっていた後輩が死んだからって、そいつは考え過ぎじゃないのか？　相手が試合を利用して殺したとでも言いたいのか？」

「考えたくはないが、たぶん、そういうことなのだろうと思う」

「ばかな……。何のために？」

「大会で上位入賞したのは、アメリカの同じ系列の道場の選手だ。アメリカ人たちは、空手の世界における主導権を握ろうとしていると聞く。つまり、本家本元の日本人を空手の世界から追い出そうとしているわけだ」

「それで、日本の一流選手を殺したというのか？　考えられんな」

「俺の後輩が死んだ直後、相手の選手は、嘆き悲しむ演技をしていた」

「そんなこと、わかるものか」

「わかる。俺は、演技の世界で生きてるんだ」

「そうだったな。それはいいとしよう。だが根拠がそれだけじゃな……」

「こういう技があるんだよ」

「え……？」

「俗に『三年殺し』と言うだろう。あれも胸骨を折る技なんだ。同じなんだよ、じわじわと殺すか、その場で殺すかの違いだ」

「そんな技が本当にあるのか？」

「ある。もちろん、じわじわと相手の体をむしばむような傷つけかたをするほうが難しい。その場で殺すほうがずっと簡単だ」

「驚いたな……」

「別に驚くことはない。もともと空手というのは、文字どおり一撃必殺の武術なんだ。剣に対しても素手で対抗したわけだからな。本来は空手の技はすべて殺人技なんだよ」

滝沢はふと気づいたように顔を上げ、黒田を睨んだ。

「それで、おまえさん、アメリカへ行くつもりじゃないだろうな」

「もちろん」

黒田は平然と言った。「行くつもりだ」

「そんなことをして何になる。後輩の仇討ちでもやるつもりか？」

「それほどのばかに見えるか？」

「見えるから言ってるんだ」

「人の怪我だけでなく、人格を見ることも心がけるんだな。俺はただ、思い上がったアメリカ人どもに、本当の空手を披露しようと思ってるだけさ」

「無茶はするなといつも言ってるだろう。あんたの腰痛は、爆弾をかかえているようなものなんだ。へたをすると、下半身が動かなくなるぞ」

「医者は、いつだって大袈裟だ」

黒田は診察室の出口に向かった。「いろいろと手間をかけてすまなかったな」

彼は病院をあとにした。

3

石切り場で、何度も爆発が起こり、ウレタン製のぬいぐるみを着た黒田が、噴き上がる火炎や煙、土砂の間をオートバイで走り抜けた。

「カット。オーケー」

スピーカーから監督の声が流れて来た。黒田はオートバイを止め、地面に足をつくと、ぬいぐるみの頭をすっぽりと脱いだ。

若いスタッフたちが駆け寄って来て、オートバイを片づけていく。

黒田は、カメラマンの脇を通り過ぎるとき、声をかけた。

「よう。いい絵、撮れたかい?」

カメラマンは、にやりと笑ってみせた。

火薬のスイッチを担当していた安田が、黒田のところへ駆けて来た。

「約束どおり、仕事はしてるぜ」

「クロさん、こいつ、読んだかい?」

安田は、手に持っていたスポーツ新聞を広げた。小さな見出しのついた、二段だけの記事だった。

「実戦空手、武者修業の旅へ——アメリカ道場が招待」

それが見出しだった。黒田は、記事を読んだ。実戦空手を標榜《ひょうぼう》するある流派のチャンピオンが、その流派のロサンゼルス支部を通じて、アメリカ人道場から招待試合のさそいを受けたという。

「そのアメリカの道場って、増村が出た試合で上位独占したっていう道場じゃないのかい？」

安田が尋ねる。

「そうかもしれん。調べてみる価値はありそうだ」

「調べるって……、クロさん……」

「俺は多少わがままを許される立場にあると思うが、違うか？」

「この撮影での話なら、あんたの言うことは間違っちゃいないよ」

「今日の残りのカットは誰かと代わってもらえるとありがたいんだがな」

「そりゃ何とかするが……」

黒田はうなずいて、その場を去った。安田が心配そうな顔をしているのはわかった。わざと振り向かなかった。そういう表情で見られるのがいやだった。

黒田は、新聞に出ていた実戦空手の本部道場を訪ねた。三階建てのビルで、受付が正面玄関脇にあった。

現在、一流派でこれだけのビルを都内に持てるのはたいへん珍しいことだ。それだけ、この新興流派の人気が高いということだ。

「館長にお会いしたい」

黒田は受付の女性に言った。

「お約束ですか？」

「いや。だが大切な用だ。私の名は黒田才蔵」

「申し訳ありませんが、館長はお約束がないと誰にもお会いになりません」

「急用なんだ」

「明日の午後三時から三十分間でしたら、お時間をお取りできますが……」

「ほう……。この道場では、例えば道場破りもアポイントメントが必要なのかな……」

受付の表情が険しくなった。

黒田は凄味をきかせて笑ってみせた。映画の悪役で鍛えた、人々を震え上がらせる笑いだ。

受付嬢は、急に落ち着かなくなってきた。

「少々お待ちください」

彼女は、稽古場のほうへ駆けて行った。

しばらくすると、彼女はひとりのおそろしく体格のいい男を連れて戻って来た。

その男は道衣を着て、すり切れた黒帯を締めている。首に下げたタオルで顔の汗をぬぐっている。道衣は汗でずぶ濡れだった。指導員の資格を持つ男で、大和田《おおわだ》という名だった。

大和田は、黒田の顔を見て、ぽかんとした顔をして言った。

「道場破りって、あんたのことか、黒田さん」

受付嬢が驚きの表情をして大和田を見上げた。

「先生。ご存じのかたですか」

「空手家でこの人を知らなきゃモグリだよ。君だって名前くらい知ってるだろう。国際的スタントマンの黒田才蔵さんだ」

受付嬢は、ようやく名を思い出したらしく、小さく、あっと言った。

「館長に話があるんだって？　重要な話なんだろうな」

「アメリカで招待試合があるそうだな。それで気になることがある」

大和田の表情が曇った。

「増村くんのことと関係あるんだな……」

「そう。おおいに……」

「わかった。来てくれ。館長に話をつけて来る」

受付を通り過ぎるとき、受付嬢が恐縮しきって頭を下げた。

「気にしなくていいんだ」

黒田は言った。「俺の名前なんて知ってたって、何の自慢にもならない」

館長室は異様な迫力に包まれていた。どんな武術家をも威圧する雰囲気だった。それは、大きな机の後ろにすわり、じっと黒田の話を聞いていた館長その人の気の力のせいだった。

黒田の話を聞き終えると、館長はしばらく間を置き、おもむろに言った。

「私もあの一件には興味を持っておった。なるほど、私と同じことを考えた男がもうひとりおったわけだ」

「ほう……、あなたも？」

館長はうなずいた。

「こう見えても、古今東西の武術、格闘技をこの体を張って見極めてきたつもりだ」

「なるほど」

「思えば、黒田くん、わが会派が主催する、各派自由参加の大会で、他流派から参加し、決勝まで行ったのは、君だけだった……」

「運は強いほうなんですよ」

「運だけで、一流派の免許皆伝は受けられまい」

「……ご存じでしたか……」

「あなどってはいかん。私も、空手の世界で真剣に生きておる」

「それで、あの一件が事故でなく、日本選手を葬る目論見《もくろみ》の一環であると、わかっていながら、招待に応じた理由をお聞かせ願えますかな」

「本当にそのような陰謀があるのか、確かめる目的がひとつ」

館長の眼が、肉食獣のように異様に光った。

「そして、もし陰謀があるのなら、叩きつぶす目的がひとつ」

いっしょにいた大和田が、思わず身をすくめるのがわかった。黒田は平然としていた。

「では、私の出る幕ではないということになりますかな?」

「言うまでもない。この招待――いや挑戦は、わが会派が受けたものだ」

黒田は、うなずかざるを得なかった。

「お忙しいところを、お邪魔しました」

彼は館長に背を向けた。

館長室を出ると、黒田は大和田に言った。

「対戦する選手に言ってくれ。くれぐれも注意するように、と」

「心配は無用だ。わが会派の選手は、常に命がけの戦いをしているつもりだ」

「だといいがな」

黒田は、その道場ビルをあとにした。

そして、一週間後、新聞に小さな記事が載った。実戦空手の大会の前年度チャンピオンが、アメリカ遠征中に、事故死したという記事だった。

4

黒田はすぐにロサンゼルスに向けて飛んだ。

ベバリー・ウィルシャー・ホテルの旧館にあるいつもの部屋に着いたとたん、電話が鳴り出した。ハリウッドはサイゾー・クロダを放っておきはしない。どこから聞きつけたのか、映画関係者が黒田の到着を知るや、我先にパーティーに引っ張り出そうとした。

ホテルの人間が、誰かに黒田がやって来たことを告げたのだ。あっという間に、その情報はハリウッド中に広まった。

黒田は、ホテルのフロントに、明日まで一切《いっさい》電話を取り次がないように言い、体調を整えるために、まず、眠った。

翌日、空手の道衣の入ったバッグを下げ、ダウンタウンへ向かった。ロサンゼルスのダウンタウンは、アメリカで最も物騒な地区と言われている。「ニューヨークの強盗は金持ちを襲うが、ロサンゼルスの強盗は誰でも襲う」と人々が言うほどだ。

目的の空手道場は、ダウンタウンのメイン通りのそばにあった。かつてはボクシングのジムだったようだ。塗り替えたペンキの下に、グローブの絵が見えていた。

ドアをくぐると、すぐに大きな掛け声が聞こえて来た。黒田に言わせれば「気合い」ではない。あくまで「掛け声」だ。

道場生は三十人ほどいた。白人が中心だった。黒帯が九人いる。そのなかに、ジェフ・ワイルドの姿を見つけた。増村を殺した選手だ。

師範が黒田に気づいた。彼は、黒帯のひとりに指導を代わるように言い、黒田に近づいて来た。

「私は、あんたを知ってるぞ」師範がうれしそうに言った。「アクション・スタントのサイゾー・クロダだ。そうだろう。私は、ここの師範のマック・ロビンだ」

ロビンは右手を差し出した。黒田はそれを握って、冷たい笑みを浮かべた。

「本当の空手家は、絶対相手に手なんか握らせないもんだ」

黒田は、すっと入り身になると、握った手を相手の肩の上へ持っていった。余分な力はどこにも入っていなかった。

師範のロビンは、裏投げの形で後方へ投げ出されてしまった。

何をされたかわからなかったようだ。ロビンの顔がそれを物語っている。尻餅をついたまま、不思議そうな表情で黒田を見上げている。

黒田の眼から、いつもの何かを諦めたような表情が消え、残忍な光が宿っていた。

ロビンはそれに気づいたように言った。

「ここへ来たからには、私の弟子になるつもりだろうが、それならこういう挨拶は許さない」

彼は立ち上がった。

「弟子になるつもりはない」

「では、何のためにここに来たのだ？」

「あの男が」

黒田はジェフ・ワイルドを指差した。「やつがパリで殺したのは、俺の後輩だった」

「あれは不幸な事故だった」

「いや、違う。あのパリでの出来事も、今回、日本の空手家を招いて試合したときの出来事も、絶対に事故じゃない」

「何を言ってるんだ……？」

ロビンが言った。今では、道場の練習生全部が聞き耳を立てていた。

「空手の発祥の地が日本だということを知らないわけじゃあるまい。正確に言うと沖縄だ。他の国の人間はあざむけても、日本の空手家の眼はだませんよ。ああいう技は、古流の各流派に必ず伝えられているんだ。日本人をなめちゃいけない」

ロビンは仮面を取り去った。冷酷な笑いが頬に刻まれた。

「トラディッショナル・カラテに、あの技がある？　信じられんな。俺はあのテクニックを、戦場で学んだんだ。陸軍特殊部隊の必殺テクニックだよ。まあ、それはいいとして、だから、どうしたというんだ？」

「世界における空手の主導権をアメリカで握ろうという動きがあると聞いている。今回の出来事がそれに関係しているのなら、俺は許すわけにはいかない」

ロビンは、鼻で笑った。

「事実を見るがいい。すでに、空手で日本人はアメリカ人に勝てないんだよ。体力、体格ともに違い過ぎる。もとは日本のものだったかもしれないが、今は、空手はアメリカのものだと言ってもいい。事実、アメリカ人の殺人技に、日本人はなす術《すべ》がなかったじゃないか」

最後の一言が、黒田の怒りの炎に油を注いだ。

「思い上がるんじゃない。俺が、本当の空手を見せてやる」

「あんたが……」

ロビンは、おもしろそうに笑った。「あんたの動きは、映画でいつも見ている。確かに強いが、俺たちには通用しない」

「さっき、簡単に尻餅をついたのは誰だったかな?」

ロビンの顔がさっと赤くなった。

「それでは、日本人のオリジナル・カラテとやらを見せてもらおうか」

ロビンは、黒帯のひとりに合図した。

「あせるな。俺は本当に、空手の手ほどきに来たつもりだ。道衣《ジャケット》に着替えさせてくれ」

「さっさとするがいい」

黒田は、着替えながら、手足の筋を伸ばした。彼が戦う体になるには、三分もあれば充分だった。

「さ、いつでもいい」

黒田は、ロビンのほうを向いた。

黒帯のひとりが出て来た。黒田は彼と向かい合った。

ロビンが始めの合図をした。

黒田は、すり足ですっと一歩出た。相手は退がろうとした。前足の膝に力が入る。その瞬間に、黒田はまっすぐに相手の膝を蹴っていた。

それだけで決まりだった。

相手は、膝を押さえ、悲鳴を上げて床を転がった。黒田は相手の膝の骨を蹴り砕いたのだ。彼は一生まともには歩けなくなった。

ロビンは、怒りをあらわに叫んだ。

「次だ」

黒田は、さっと半身で構えた。次の相手は、背の高い男だった。

いきなり、上段の回し蹴りを見舞って来た。黒田は、スライディングのように、床に身を投げ出し、下から股間を蹴り上げた。

またもや一撃で終わりだった。黒田は片膝をついて、昏倒した相手を見すえていた。

「おまえの動きは……」

ロビンが言った。「映画のなかとは、まるで違う」

「当然だ。一撃――それも最小限の動きで相手を倒す。それが本当の空手だ。観客は、そんな地味なものを観せられても喜びはしない」

ロビンは、言葉を失った。黒田がジェフ・ワイルドを指差した。

「次は、おまえだ。これ以上、再起不能の選手を出したくなかったら、おまえが相手をするんだ」

ジェフ・ワイルドは、自信に満ちた表情で歩み出た。マック・ロビンがゆっくりと彼に言った。

「殺しても、かまわん」

ジェフ・ワイルドはうなずいて構えた。大きな構えだった。完全に横向きになって、左脇を黒田に向けている。小刻みにジャンプを始めた。慎重に黒田の動きをうかがっている。

黒田はまったく無防備に立っているだけに見えた。しかし、その足は、じつはじりじりとミリ単位で動き続けているのだ。

ワイルドが突然、横蹴り足刀で黒田の頭を狙って来た。黒田はわずかに右へ足を滑らせる。足刀は、黒田の左側頭のすぐ脇を通り過ぎた。

ワイルドは、そこから、鋭く膝を曲げ、踵を黒田の側頭部へ叩き込んで来た。誰もがかわせないと思った。しかし、黒田は、ほんの少し上体を後ろにそらすだけで、踵をやり過ごしてしまった。さらに、黒田は、ワイルドが足を降ろす直前に、すっと懐に入り、掌底で肩口を突いた。それだけで、ワイルドはバランスを崩し、尻餅をついてしまった。

「くそっ」

ワイルドは、立ち上がり、しゃにむにパンチを繰り出し、黒田に追いすがった。黒田の腕を取って、力にものをいわせて投げを打つ。

黒田は、床に仰向けに投げ出された。

マック・ロビンは、それを見て、にやりと笑っていた。

パリの試合の再現だった。ワイルドは、黒田の胸骨めがけて、体重を思いきり乗せた正拳を叩きつけて来た。誰もが、今度こそ決まりだと思った。

黒田の左手が円を描いた。ワイルドの拳がその左手にからめ取られていた。ほとんど同時に、左手と交差するような恰好で、右の縦拳《たてけん》が突き出されていた。

正拳を巻きつけられ、体勢が崩れたワイルドの胸に、黒田の縦拳は突き刺さった。

一瞬、道場は静まりかえった。

次の瞬間、ワイルドがごろりと仰向けにひっくり返り、苦悶し始めた。

「息が、息が苦しい……」

黒田はゆっくりと立ち上がり、ロビンに言った。

「殺人技があれば、それの返し技もある。空手の世界は、おまえたちアメリカ人が考えるより、ずっと深いんだ。覚えておけ」

誰も、黒田にかかっていこうとはしなかった。

黒田は言った。

「ジェフ・ワイルドの胸骨にはひびが入っただけだ。救急車を呼ぶがいい」

突然、マック・ロビンが両膝をついた。彼は怯えきっていた。

「これは、俺の考えでやったことじゃない。俺は命令されて動いただけだ。こんなことになって、俺は殺される」

「おまえたちは、もう、ふたり殺したんだ」

黒田は、さっさと着替えて、道場を去った。

ひどく後味が悪かった。


その夜は、あるプロデューサーの自宅のパーティーに招かれ、黒田は出かけて行った。

テラスでシャンパンを飲んでいると、古顔のプロモーターが近づいて来た。

「どうした、クロダ、こんなところで」

「そう……。あんたのような人を探していたんだ」

「こんな老いぼれに何の用がある？」

「裏の世界に顔がきく」

「薬でもほしいのか」

「そうじゃない。ただ、日本人を空手の世界から追い出そうとしたばかがいてな。たぶん、ギャングがらみだ。そいつらに一言言ってほしいんだ。今日、やったのは警告に過ぎん、と」

「おもしろい話だ」

彼は、ふと危険な眼差しになって言った。「ちょっと電話をかけてこよう」

電話で何もかもが済む。それが、アメリカの良いところでもあり、恐ろしいところでもある。

彼は三十分後に黒田をつかまえた。

「おまえさんの言うことを理解する人間がわかった。むこうは、あんたの言ったことを肝に銘じておくと言っていた。よほどのことをやったらしいな」

「よほどのこと？」

黒田は、ようやく微笑む気になった。「そんなことはない。ちょっとしたアクションだよ」

暗黒街のリング

1

ハリウッドに慣れている黒田才蔵《くろださいぞう》も、ロサンゼルスにこんなスタジアムがあることは知らなかった。

サンセット大通りを、ラ・ブレア通りとの交差点から西へ進むと、その三キロほどの一帯がサンセット・ストリップだ。

プレイボーイ・クラブ、ディノス、インペリアル・ガーデン、ウイスキー・シアターといった一流どころの飲食店が軒を並べるハリウッドの不夜城だ。

そのスタジアムは、サンセット・ストリップの会員制のクラブの地下にあった。二百人も入れば満員となる客席。その中央に、リングが設営されている。今、そのリングだけに照明があたっていた。

客席には、黒の正装をした客たちがすわっているようだった。暗くて、客の顔は見えない。

なるほど、現代の貴族たちか――黒田才蔵は思った。

彼は着古した空手衣を着て、青いコーナーポストにもたれていた。

このリングは間違いなくコロシアムだ。あらゆる娯楽と刺激に飽きてしまった金持ちどもが、最後に行きつくショー――つまり、殺人を前提とした戦いが、このリングで始まろうとしているのだった。

黒田才蔵は、知らず識らずのうちに、激しく歯ぎしりをしていた。こめかみが痛くなるほどだ。

緊張と恐怖のせいだ。

どんなに肝《きも》がすわっている男でも、戦いのまえには震えるほど緊張する。命がけの戦いが待っているとなると、その緊張は、人間の精神力の限界を超えるほどに高まる。

赤コーナーの黒人ボクサーは、明らかにヘビー級だった。

黒田才蔵の身長・体重は、一七五センチ、七〇キロ。それに対して、敵は一八五センチ、一〇〇キロはある。

パンチの重さも、リーチの長さも段違いだ。普通の殴り合いなら勝負にならない。

相手の黒人ボクサーはそのことを知り抜いている。

彼は、にやにやと黒田才蔵を見て笑っている。絶対に負けない自信があるのだ。

黒田は、恐怖のために震え出していた。できることならば大声を上げ、泣きわめきながらこの場を逃げ出したい。

敵の巨体はそれほど恐ろしかった。肩、二の腕、大腿部、ふくらはぎに筋肉が盛り上がっている。

さらに、広背筋《こうはいきん》と首のまわりの筋肉がおそろしく発達している。

彼のパンチがすさまじい破壊力を持っていることを物語っている。

彼のつぶれた鼻や、なめし革のようになっている顔面が、数多くの修羅場をくぐってきたことを示していた。

この黒人ボクサーは、黒田を殺すために選《え》りすぐられた戦士なのだ。黒田は、ここではライオンの餌食にされるあわれな奴隷にすぎないのかもしれない。

黒人ボクサーはグローブをつけていなかった。代わりに、革の手袋をつけている。

このリングは、暗黒街の連中が仕切る裏のボクシングの会場なのだ。

現在、アメリカでは、この類《たぐい》の日の目を見ないボクシング団体がいくつもある。

そのランクはまさにぴんからきりまでで、スラムの娯楽でしかない場合もあれば、この会員制クラブの地下リングのような、エグゼクティブ相手の興行の場合もある。

いずれの場合も当然、賭けるのが目的だ。

この金持ち相手の興行のような場合は、おそろしく巨額な金が一晩で動く。

客は上品に振るまっていた。しかし、誰もが、狂おしいまでに興奮してゴングを待っているのがわかった。

黒田才蔵は、恐怖が頂点に達するのを待った。その瞬間に、何もかも乗り越えられる――彼はそれを豊富な体験から悟っていた。

いわゆる「切れる」という状態だ。恐怖も怒りも通り越してしまう。「切れた」状態にでもならなければ、こんな場面を乗り切ることはできない。

黒田は、相手の黒人ボクサーの凶暴そうな笑いを見すえながら、頭がショートしてしまうように祈った。

彼がこうして、暗黒街の裏リングに上がるはめになったのは、一本の国際電話が発端だった。

夜中に電話が鳴って、黒田は目を覚ました。受話器を取るか、そのまま無視するか、ベル三回分の時間だけ迷っていた。

結局、電話に出ることにした。

もそもそとベッドの上を移動し、うつぶせになって手を伸ばした。受話器を取り、枕に顔を押しあてたまま耳にあてた。

「ハロー」

相手は英語だった。誰かがふざけているのかと思い、黒田は不機嫌そうに日本語で言った。

「誰だ？」

相手はさらに英語で言った。

「サイゾーか？　サイゾー・クロダだな？」

「イエス」

ようやく安心したように相手は声をやわらげた。

「ジャック・ハガードだよ。久し振りだな」

黒田は枕からようやく顔を上げた。彼は英語で返事をした。

「ジャック・ハガード？　俺が寝ぼけているのでなければ、俺の知っているハガードというのは、確かハリウッドのスターだったはずだが……」

「アメリカ人はおだてられるのが好きだが、ハリウッドのスターと呼ばれるにはまだ早過ぎる。そうだ。ようやく映画の主役で二、三本当てた、そのジャック・ハガードだ」

「今、ロサンゼルスか？」

「そうだ。ちょっと相談したいことがあって電話したんだ」

黒田は、夜中に電話が来たことに文句を言おうと思ったが、やめにした。こちらは真夜中だが、むこうはそうではない。

「何だい、相談というのは？」

ハガードが、ごくりと喉を鳴らすのがわかった。つばを呑み込んだのだ。相手は緊張している。それも、ひどく。

短い沈黙のあと、ハガードが言った。

「俺は殺されるかもしれない」

日本人同士の会話なら、あまりに唐突で、冗談としか取れない言葉だ。

だが、黒田は、ロサンゼルスがどんなところか知っている。あらゆる犯罪と災厄《さいやく》の渦巻く都市。世界で最も危険といわれる都市。そして富める者と貧しい者の差が歴然としている醜い都市。

人々は、Los Angelesではなく、Lost Angeles――地獄へ墜《お》ちた天使と呼んでいる。

腐敗するアメリカ社会を象徴する街なのだ。そこでは何でも起こり得る。殺されるという言葉も現実味を持っているのだ。

「どういうことだ」

　黒田は尋ねた。

「ギャングとトラブルを起こした」

「薬《ヤク》か？」

「コークだ」

「相手は大物なのか？」

「ハリウッドの西半分を仕切っている。レイモンド・サバティーニだ」

「その名前は知っている。なんでそんなやつと、もめるはめになったんだ？」

「俺はサバティーニのところの売人《バイニン》から、コークやその他いろいろな薬を買っていた。スピードやエクスタシーやジップや……まあ、そういった薬だ」

「そっちじゃ珍しくない話だ」

「ところが、別の売人が俺に近づいて来て、もっと安い値で売ろうと言い出した。俺はたいしたことじゃないと思って、コークをしこたま買い込んだ。そして、そのコークを友人に売ったんだ。それがサバティーニの耳に入った。どうやら俺は、サバティーニの縄張りで、やつの商売敵のコークをさばいてしまったらしい」

「悪気があってやったことじゃない。金で話はつかなかったのか？」

「最初からこっちが折れて出ればよかったんだ。ところが、俺も少しは名が売れて、ちょっとばかりいい気になっていたというわけだ。むこうが話し合いをしようと言って来たのを、つっぱねちまったんだ」

「ばかな話だ」

「わかっている」

「警察に泣きつくんだな」

「あんたは、ここの警察がどんなありさまか知らないんだ。毎日何件も起こる殺人事件だけで、てんてこ舞いなんだ。まだ起こってもいない殺人事件に、本気になってくれるもんか」

「少なくとも金があるだろう。地獄の沙汰も何とやらだ。警察だって金のにおいには敏感なはずだ」

実際、アメリカの警官は賄賂《わいろ》がたいへん好きだ。

「スキャンダルが恐ろしいんだ。わかるだろう？　警察が乗り出したら、事件は明るみに出てしまう。俺の人生は終わる」

ハリウッドを取り巻く連中、あるいは、ニューヨークのブロードウェイ、オフ・ブロードウェイに集《つど》う連中は、アメリカン・ドリームを信じている。

彼らは、チャンスは逃がしてはいけないことを骨身に沁《し》みて知っている。

そして、一度つかんだチャンスを絶対手離してはいけないことを――。

だから、彼らはスキャンダルを病的なほどに恐れる。

「私立探偵を雇ったらどうだ。腕のいいのがわんさといるだろう」

「同じだ。絶対に事件が明るみに出ないという保証はない。信じられる探偵などいない」

「だからといって、俺に電話しても始まらんだろう」

「あんたを雇いたい」

「何だって……?」

「金は言い値を支払う。この件にけりをつけてくれないか」

「冗談はよせよ。俺を何だと思ってるんだ。しがないアクション・スタントだぜ」

「ただのアクション・スタントじゃない。ハリウッドでのキャリアや知名度は、俺よりも上だ。日本人だというのにな……。今でも、ハリウッドのプロデューサーは、アクション・シーンにあんたを使いたがる。『殴られ屋のサイゾー』をだ。あんたがロサンゼルスの空港に着いたというニュースが入ったとたん、プロデューサーや監督たちが、あんたを招こうとパーティーの準備を始める」

「ギャングどもとは関係のない話だろう」

「あんたなら、ハリウッドの大物も知っているだろう。そういう連中は、ギャングともつながりがあるもんだ。違うか？」

「俺はその街の人間じゃない」

「だが、おそらく、俺よりはずっと顔がきく。そして、俺が知っている誰よりも強い。あんたのカラテに勝てる者はいない」

「映画のアクションと現実をいっしょにしちゃいけない」

「いや、あんたが本当に強いのは、この俺がよく知っている」

黒田とジャック・ハガードは、ハガードの主演第一作からの付き合いだ。

その作品で、黒田はアクション・スタントをやっていた。ハガードは、日本人でしかもスタントマンでしかない黒田が、スタッフたちから大事にされるのを面白く思っていなかった。

ハガードは、殴り合いのシーンで、黒田の相手役に、本気で叩きのめすように命じた。それは灰色熊のような男だった。

結果は、相手のKO負けだった。しかも、カメラが満足する派手な立ち回りだった。ハガードは撮影が進むうちに、黒田才蔵の実力を見せつけられていった。

クランク・アップのときには、ハガードはすっかり黒田に心酔してしまっていた。彼らはそれ以来、親しく付き合っている。

「こんなもん、本場のギャングのまえに出たら何の役にも立たんよ」

「たのむよ、サイゾー。もう頼れるのはあんたしかいないんだ」

「いや。悪いが役には立てん」

「このままでは、本当に殺されるんだ。悪質な脅しが続いて、リズが逃げ出しちまったんだ。ノイローゼ気味でな。じつはこの俺の神経も参ってきている。このままじゃ、やつらに殺されなくても、自殺するはめになるかもしれん」

リズというのはハガードの恋人だ。黒田も彼女のことはよく知っていた。ロサンゼルスに出かけたときは、よく三人で遊び歩いたものだ。

濃い青い眼を持ち、黒い髪をショートカットにしている快活な女性だ。

明るいリズがノイローゼだと聞いて、黒田の心がちくりと痛んだ。

「リズのことを持ち出すなんて、汚いじゃないか、ジャック」

「本当のことなんだ。すぐに、ロサンゼルスまでのチケットを送る。とにかく、相談に乗ってくれないか」

「行ったところで、本当に役には立てんぞ」

「そばにいて話を聞いてくれるだけでもいいんだ」

結局、黒田は断わり切れなかった。

2

本当にジャック・ハガードは憔悴《しょうすい》し切っていた。

いつも生きいきと輝いていた青い眼は光を失い、落ちくぼんでいた。砂色の髪は、伸びて乱れていたし、無精髭が浮いていた。

海岸を見渡せる高台に建つ彼の家は立派だったが、部屋は散らかっていた。

「本当によく来てくれた」

ハガードは、ぎこちない笑いを浮かべて黒田を迎えた。

「よく言うぜ。来たくて来たわけじゃない」

「どこか気のきいた店で食事でもおごりたいのだが、情けないことに、外へ出て食事をする度胸がないんだ」

「ピザでも取りゃいいさ。どんな脅しがかかってるんだ？」

「脅迫状にいやがらせの電話。首を切った猫の死体を窓の外にぶら下げたり、車のタイヤがナイフで切り裂かれたり……」

ハガードは素早く片方の肩をすぼめて、てのひらを天に向けた。

「リズは無事なんだろうな」

「今のところは、な……」

「あんたも怪我をしている様子はない」

「だが、いつも見張られているような気がしてな……。誰も彼もがサバティーニの手下に見える」

「実際にはいない亡霊におびえるのが、最も愚かなんだ。これからは、起きたことだけを考えろ。起きるかもしれないことなど忘れるんだ。パニックからまず抜け出すことが大切だ」

「だが相手がどう出るか、ある程度予測しておかなけりゃ……」

「そいつは、まともな頭に戻ってから考えるんだ」

「そうだな……」

「俺はさっそく、ハーディーに招かれている。彼の家でパーティーを開くというのだ」

「ハーディー？　ハーディー・エプスタインか？　あの名物プロデューサーの？

俺はまだ招待されたことはないな」

「だったら、今夜の七時までに、髭をそって、髪を整え、シャワーを浴びて、蝶ネクタイを締めろ」

「おい、俺もいっしょに行けるのか？」

ハガードの瞳に、一瞬だが生気が戻った。こういう連中は、チャンスにはきわめて貪欲だ。

自分も若いころはそうだった、と才蔵は思った。いや、日本人がハリウッドで名を上げるためには、貪欲さ以上のものが必要だった。狂気に近いものだったと、今になって彼は思う。

大プロデューサーのパーティーというのは、ハガードにはまたとない薬となるだろう。

「あんたといっしょに行くのには理由がある」

黒田は言った。「ハーディーのような男は、裏の世界とも多少の付き合いがある。彼に尋ねれば、サバティーニがどうしたがっているか見当がつくかもしれない。うまくいけば、サバティーニに渡りがつけられるかもしれない」

「渡りをつけてどうするつもりだ？」

「もちろん、話し合いだ」

「待てよ。ハーディー・エプスタインに、俺の一件を話すのか？　そいつはありがたくないな」

「残念だがしかたがない。今の俺には、これ以上のことはできない」

ハガードは、うなずくしかないことに気づいたようだった。


腹の突き出たハーディー・エプスタインは、笑顔で黒田を出迎えた。家族全員が挨拶にやって来る。

すでに、見知った顔の客がやって来ていた。俳優、女優、テレビのキャスター、監督。みな一流どころだ。一般大衆が、よだれを流さんばかりにあこがれる世界だ。

「今夜は連れがいるんだが、いいだろうか？」

黒田は玄関先でエプスタインに尋ねた。

「サイゾーの連れて来た客なら大歓迎だとも」

黒田はジャック・ハガードを紹介した。

エプスタインの笑《え》みの質が変わった。親しみのこもった心からの笑顔から、営業用の笑いに変わったのだった。

彼は、値踏みするようにジャック・ハガードを見た。

ハガードが手を差し出した。

「どうも、ミスタ・エプスタイン。初めまして」

エプスタインは、力を込めずにその手を握り返した。

「君のことは知っている、ジャック・ハガード」

エプスタインは言った。「いつか会う日が来るだろうとは思っていた。くつろいでくれたまえ」

彼は、黒田に「失礼」と言って、他の客のところへ行った。

「どうやら、俺は歓迎されていないようだ。場違いな所へ来ちまったらしい」

ハガードが黒田に言う。

黒田はかぶりを振って、意味ありげに笑った。

「いいや。あんたは来るべき場所へやって来たんだ」

「どういうことだ?」

「あんたは、適当にパーティーを楽しんでいてくれ。知ってる顔があるだろう。俺はちょっとハーディーと話をしてくる」

黒田は、ハガードを残してハーディーに近づき、その短くて太い腕を取った。ハーディーが振り向いた。

黒田が言った。

「話があるんだ、ハーディー」

ちょっとの間考えてから、エプスタインはうなずいた。

「書斎は知っているな？　そこで待っていてくれ。すぐに行く」

書斎は革のにおいがした。書物の革表紙のせいだろう。ぴかぴかに磨かれた床。どっしりとしたルイ王朝風の机が、こちらを向いて置かれている。

燭光《しょっこう》のような色の照明がほのかに点《とも》っていて、居心地がいい。

だが、その机の上には、ビジネス関係の書類が山と積まれていた。

エプスタインは、ほどなくやって来た。そして書斎に入って来るなり言った。

「またやっかいなことに首を突っ込んでるのか、サイゾー」

黒田は、エプスタインを見つめたまま、短い沈黙の間を取った。

「ジャック・ハガードのことで何か知っているのか？」

「あいつは、薬漬けだ」

「このあたりじゃ誰だってそうじゃないのか？」

「私は違う」

「そうか？　だが、ハガードについては特別な意見を持ってるようだな」

「知ってるんだろう、サイゾー。あいつは、コークの売買で、まずいやつといざこざを起こした」

「誰だ？」

「おまえさんが知らんはずがない」

「あんたの口から聞きたい」

「なるほど……。そのために、彼を連れて私のパーティーへやって来たのか……。いいとも。私は、ジャック・ハガードが、レイモンド・サバティーニと問題を起こしていることを知っている」

黒田才蔵はうなずいた。

「ジャックは友達だ。力になりたいんだ」

「相手が悪いぞ、サイゾー。サバティーニはチンピラじゃない。大きな組織を持っている。弁護士を何人も雇って、あらゆる法をかいくぐり、逆に法を楯に取っている」

「ジャックは才能ある俳優だ。つまらないトラブルであの世行き、なんてことにはしたくない」

「手を引くんだ、サイゾー。私は、おまえさんのことを思って言うんだ。アメリカの暗黒街ってのは、とてつもなく奥が深くてビッグなんだ」

「俺も、じつを言うとそうしたいんだ」

黒田は小さくかぶりを振ってみせた。「だが友達を見殺しにはできない」

「おまえみたいな無茶なやつは見たことがない」

「そう。だから俺は、この体ひとつでのし上がれたんだ」

エプスタインは、一度大きく深呼吸をしてから、素早く唇をなめた。

「そうだった……。おまえさんを相手に、危険がどうのという話をしてもしょうがない。さて、それじゃ、おまえさんはこの私にどうして欲しいんだ？」

「サバティーニと話がしたい」

エプスタインに、それ以上の説明は必要なかった。

彼は、ゆっくりと書斎のなかを歩き回り、しきりに考えごとをしていた。

やがて彼は机の上にある電話の受話器を取り、ダイヤルのボタンをせわしなく押し始めた。

何人かに電話した。

その結果、エプスタインは、一枚のメモ用紙を持って黒田に近づいて来た。

「私もサバティーニ本人に接触するのは無理だ。だが、この男は、おそらく、サバティーニにかなり近い地位の人間だと思う。サバティーニが持っている会社のひとつの社長だ。映画のプロモート関係の会社だがね……。彼にアポイントメントを取った」

メモ用紙には、ロバート・アーチという名が走り書きしてあった。その下に、会社の住所、さらに、行を変えて、午前十時と記されている。

黒田はうなずいた。「さすがに頼りになる」

エプスタインは、ノーという口の恰好をしてから言った。

「問題は、まだ何ひとつ解決してはいないのだ。おまえさんは、これから山ほど悩みの種をかかえ込むことになるだろう。信ずる神があるなら祈るがいい」

「知ってるか？　日本には八百万もの神々がいる。どの神に祈っていいのかわからんのだ」

「では、バッカスに祈るんだ。パーティーへ戻ろう。つかの間の楽しみだ」

3

世界各国の暴力団に共通している雰囲気というものがある。

まず眼がすわっており、表面は無表情だが、奥のほうで底光りしている感じがする。そして、絶えず人を下心があるような表情で眺める。

そばに寄ると、まるで強く帯電しているようなぴりぴりとした圧力を感じる。

ロバート・アーチは、一目見てその類《たぐい》とわかる男だった。

彼は黒田を見ると、一度眉《まゆ》をひそめ、それから、ゆっくりと笑った。

「俺はあんたを知ってるぞ。『殴られ屋のサイゾー』だ」

「そいつは光栄だ」

「ハリウッドの映画関係者のなかで、あんたほど有名な日本人はいない。俺も評価している」

「だが、日本では無名だ」

「エプスタインのアポイントメントに、あんたが現われた。どういうわけだ？」

「俺は、ジャック・ハガードに雇われた。ハガードは俺の友人でもある」

ロバート・アーチは、机のむこうで、じっと黒田を見つめている。彼は何も言わず眼を細めた。西欧の人々が猜疑心を示すときの表情だ。

黒田は言葉を続けた。

「ジャック・ハガードはレイモンド・サバティーニと問題を起こしてるんだ。俺は、サバティーニと話がしたい」

「俺の知ったこっちゃないな。レイのところへ行けよ」

ロバート・アーチは、レイモンド・サバティーニを親しげにレイと呼び、ふたりの仲の親密さを強調した。

「俺が行って直接会えるような相手じゃない。あんたなら、俺と彼を引き合わせることができる」

「できる」

アーチは言った。「だが、するつもりはない。そんな義理はない」

「もちろん、骨を折ってくれた礼はする。ビジネスと割り切ってもらえないか?」

「ビジネス」

アーチは、電話についていたボタンを押した。ドアの外でブザーの音がかすかに聞こえる。アーチが言う。「俺は、そんなチンケなビジネスはやらねえんだ。なめるな」

ドアが開き、大きな男が現われた。危険な眼の光りかたをしている。一目で暴力専門家とわかった。

黒田は嫌な気分になった。だが、ここで引くわけにはいかない。

彼は、ボディーガードらしい白人を見つめて言った。

「何だこの筋肉の張りぼては？」

ボディーガードは顔色ひとつ変えない。確かに力はありそうだ。だが腹の周囲に肉がつき過ぎている。上半身に比べ、足腰の筋肉の発達が不足している。

アーチが言った。

「なまいきな口をきくやつとは、話をしないことにしている。ビル、このイエローモンキーをつまみ出せ」

黒田は、言った。

「ビル、俺に触らんほうがいい」

ビルと呼ばれた筋肉男は、素早く黒田につかみかかろうとした。

黒田は、ビルが、肩口をつかんだ瞬間に、右足の踵《かかと》を、ビルの右膝に叩き込んだ。

ビルがバランスを崩す。黒田は、そのまま右足を横に跳ね上げた。ちょうど足刀の部分が、下からビルの金的を直撃した。

ビルは、悲鳴を上げ、股間を押さえて、体を折った。黒田のすぐ目のまえに、無防備な顔面があった。

黒田は、右肘を水平に振り、ビルのこめかみに叩き込んだ。

ビルは、声も上げずその場に崩れ落ちて眠った。

黒田が振り向くと、アーチが立ち上がっていた。こういう場合、机の引き出しから拳銃が現われることがあるのを、黒田は充分に承知していた。

黒田は、それを警戒しながら、威嚇するように指を突きつけて言った。

「友好的な話し合いの雰囲気を、ぶち壊したのはそっちだぞ。俺が、サバティーニと会うことになったら、その点ははっきりさせるからな」

アーチは、目を見張っていた。彼は、まったく別の考えにとらわれたように見えた。

彼は驚きの表情のままつぶやいた。

「すばらしい動きだ。手強《てごわ》いビルを、たったの一秒で倒しちまった……」

「言ったろう。こいつは筋肉の張りぼてだって」

「あんたのカラテが本物だって話は、嘘じゃなかったんだな」

黒田はアーチの考えが読めなくなって、黙っていた。

黒田才蔵は、ある空手の流派で、免許皆伝をもらっている。彼以外に、その流派での免許皆伝はまだ例がない。

アーチの顔に狡猾そうな表情が浮かんだ。

「サバティーニに口をきいてやってもいい」

黒田は用心してさらに沈黙を守っていた。

アーチが言った。

「ただし条件がある」

「何だ？」

「それは、サバティーニに会ったときに話そうじゃないか」

「それじゃ話の筋が通らない」

「もともと筋の通らん話を持って来たのは、そっちなんだ」

黒田は考えた。

彼はすでに船に片足を乗せている。

ジャック・ハガードのことを考えると、彼に選択の余地はなかった。

黒田はしかたなくうなずいた。

レイモンド・サバティーニは、茶色の眼に黒い髪の小柄な男だ。一目でイタリア系とわかる。

彼はプールサイドで、シャンパンを飲みくつろいでいた。白いバスローブを着ており、髪が濡れている。ひと泳ぎしたあとらしい。

デッキチェアに身を横たえていたが、黒田とアーチの姿を見ると、立ち上がった。

黒田はその礼儀正しさに驚き、かえって無気味なものを感じた。

「レイモンド。これが、サイゾー・クロダだ」

アーチが言った。レイとは呼ばなかった。

サバティーニは優雅にほほえんだ。

「ボビイから話は聞いている」

彼は言った。ロバート・アーチのことをボビイと呼んだ。「私も君の名は知っていた。会えてうれしい」

「どうも」

黒田は、サバティーニの眼を見ながら言った。サバティーニは凄《すご》むわけでもなければ、意味ありげに笑うわけでもない。それでも黒田はたいへんな威圧感を覚えていた。

サバティーニは正真正銘の大物なのだ。

サバティーニが言った。

「何か飲み物は？」

「いえ、けっこう」

「では、話を聞こうか？」

「俺は、ジャック・ハガードに雇われ、彼の代理でやって来た」

「ジャック・ハガード？　失礼だが……」

彼は、その名に心当たりがないとでもいうように眉をひそめた。

ボビイ——ロバート・アーチが脇から説明した。

「例の映画俳優だよ、レイモンド。コカインを売りさばいた……」

「ハン……」

サバティーニは関心なさげにうなずいた。

彼は本当にジャック・ハガードの一件を忘れていたのだろうか——黒田は思った。

そうかもしれない。サバティーニほどの大物になれば、小さなことにいちいちかかずらわってはいられない。

「それで……？」

サバティーニが黒田に尋ねた。

「ジャックは悪気があったわけじゃない。ちょっとばかり世間知らずだっただけだ。彼はあんたに申しわけないことをしたと思っているし、金を支払う用意もあると言っている」

「なるほど……」

「あんたは、ジャック・ハガードの名を咄嗟《とっさ》に思い出せなかった。つまり、あんたにとっては、それほど取るに足らない出来事だということだ。今、ジャックは脅しやいやがらせにあって参ってしまっている。ジャックから手を引いてもらいたい」

「確かに私にとって、金銭的にはたいしたことではない。そのジャックという男が本当に脅されているとして、それは私が命じたことではない」

「そうだろうと思う。だが、あんたの下にいる誰かがやっていることだ。話をつける相手はあんたしかいない」

「わかってもらえると思うが、問題は金ではない」

もちろん黒田にはわかっていた。問題は金額や事の大小ではなく、面子《メンツ》なのだ。

彼らはなめられたら、けっして黙ってはいない。

「だから話し合いに来た」

黒田は言った。「レイモンド・サバティーニが満足する条件はないかを話しに――」

サバティーニは、黒田の横に立っていたアーチに眼を移した。

アーチが話し出した。

「方法はある」

黒田はアーチの顔を見た。

アーチは続けた。「あんたが体を張る気があるなら、ジャック・ハガードは助かる」

「どういうことだ？」

「これは、あんたの先日の戦いぶりを見て思いついたことだ。レイモンドに話したら、彼はたいへん、この思いつきに興味を持った」

「説明してくれ」

「俺は、サバティーニ・ファミリーのなかでも、かなり人気のある事業をまかされている。その事業のなかに、金持ち相手に殴り合いを見せる興行が含まれている。じつを言うと、ここのところ、あまりいい顔合わせがなくってね、その興行が不人気なんだ」

黒田はサバティーニを見た。

サバティーニは冷やかに笑っていた。ただ、無言で笑っているだけだ。

アーチがさらに説明した。

「サイゾー・クロダの名は、こっちではかなり知れわたっている。あんたが試合に出てくれれば、相当に大きな賭け金が動く」

黒田は気づいた。

彼らの関心は、すでにジャック・バガードから黒田才蔵に移っていたのだ。

彼らは、黒田をルール無用のリングの上で血祭りに上げようとしている。それは、最も効果的な見せしめになるだろう。

もし黒田が対戦相手に勝ったとする。黒田に賭ける客はあまりいないだろうから、そのときは、サバティーニが大儲けをすることになる。

どっちに転んでも、サバティーニは損をしない。

そして、黒田は、その話を受ける以外に選択肢はないことを悟った。

黒田は言った。

「その試合に出場すれば、ジャックのことは忘れてくれるんだな」

サバティーニは、心からうれしそうに微笑んだ。

「約束しよう」

黒田は気づいた。サバティーニ自身が、その試合を見たがっているのだ。

4

ゴングが鳴った。

対戦相手の黒人ヘビー級ボクサーは、勢いよくコーナーを飛び出した。

黒田は、一歩足を踏み出して、あっと思った。足がもつれそうになったのだ。足がすくんでいる。

ボクサーは、巨体に似合わない軽快なフットワークで黒田に迫った。

黒田はコーナーからあわてて逃げた。

コーナーに追いつめられては勝ち目はない。

相手は、ごく軽い動きでジャブを繰り出して来る。

その拳がうなりを上げる。空気を切る音がはっきり聞こえる。

黒田はぞっとした。

そのジャブを食らっただけで、とんでもないダメージを受けるだろう——彼はそう思った。

体重の差というのは、それほど恐ろしい。

黒人は余裕を持っている。上体がしなやかに動き、足は縦横にステップを踏む。

黒田は、ロープづたいに、横へ横へと逃げるのがやっとだった。

こうして戦っていても、思いのほか相手以外のものが眼に入るものだ。

黒田は、リングサイドに、ジャック・ハガードとハーディー・エプスタインが並んですわっているのを見つけた。

ジャック・ハガードの顔は蒼白だった。

(何て顔をしてるんだ)

黒田は心のなかでつぶやいた。

そして次の瞬間に気づいた。おそらく、自分はもっと情けない顔をしているに違いない、と。

ハガードやエプスタインのちょうど向かい側のリングサイド席には、サバティーニの一行が陣取っていた。

サバティーニは、心から楽しんでいるように見えた。

黒田は後頭部が、瞬時に熱くなるのを感じた。屈辱を感じたのだ。

怒りがこみ上げる。

しかし、どうしようもなかった。

相手のボクサーは、戦うために生まれてきたような男だった。

肉食獣が獲物を追いつめるように、じっくりと迫って来る。

黒田は逃げ回るだけで、息が切れてきた。相手はまるで平気だ。

余裕の差が出てきたのだ。余裕のないほうがすぐに息が上がってしまう。

黒田の顔はたちまち汗まみれになった。

ボクサーは、一転して素早い動きとなり、床を滑るように前進してジャブを三発、連続して出した。

その三発目が、黒田の顔面をかすめた。

鼻がじんとしびれた。

目のまえが一瞬、真っ白に光り、その光が無数の星となって視界の縁《ふち》に散っていった。

腰が浮いて、床が傾いていくような気がする。

ジャブがかすっただけでこのショックだ。いったい、どうやって戦えばいいんだ

――黒田は思った。

ジャブで黒田がぐらついても、相手はたたみかけて来ようとはしなかった。いたぶっているのだ。

客を楽しませているのかもしれない。

フットワークもウエイトも、リーチもメンタルな面も、何もかも相手のほうが勝《まさ》っている――黒田はそう感じていた。絶望感にとらわれかけていた。

ボクサーはいきなり、体を沈め、アッパー気味のボディーブローを見舞って来た。

黒田は反射的にガードしたが、巨大な拳がガードを突き破って胃の部分をえぐった。

腹のなかで爆発が起こった。

熱いものが、そのあたりから周囲へと渦を巻きながら広がり、呼吸ができなくなった。

目のまえが暗くなりかける。

黒田の膝が自然に折れ曲がっていった。

だが、黒田の体は倒れなかった。相手のボクサーが片手で支えたのだ。

相手は黒田にささやいた。

「おい。寝るには早過ぎるぜ。もっと俺を楽しませてくれよ」

ヘビー級ボクサーは、黒田の体を軽々とコーナーまで引きずって行った。黒田の体をコーナーにあずけておいて、彼は、またささやいた。

「映画のスタントマンごときが、俺の相手をするというだけで、俺は頭にきてるんだ。俺はおまえを生きてリングから降ろさない。カラテだと？　そんなものは屁《へ》の役にも立たねえ」

相手は、もう一度ボディーブローを見舞って来た。

黒田はあえいだ。

（やつは本気で俺を殺す気だ）

黒田は苦悶しながら思った。（このリングの上で――大勢の人々が見ているまえで、この俺をなぶり殺しにする気だ）

さらにすさまじい恐怖がこみ上げて来た。しかし、その恐怖は怒りを伴っていた。

恐怖と怒りと憎しみが、黒田の脳髄のなかを嵐のように吹き荒れた。

頭のなかがはじけ飛んだような気がした。彼は叫びたい衝動に駆《か》られた。

そして、実際に叫んでいた。野獣のような咆哮《ほうこう》だった。

ようやく、この瞬間がやって来た。切れたのだ。

黒人ボクサーは、鋭いワンツーをコーナーの黒田めがけて繰り出して来た。連続してふたつのパンチが黒田の顔面に炸裂した。

黒田は、ひとたまりもなく崩れ落ちるはずだった。

ウエイトの差がそれを避けられないものにしている。ボクサーも、観客もそう思った。

しかし、黒田の両足はしっかりとリングの床を踏みしめていた。

黒田は、咄嗟に、顎を引き、さらに、右肩を出して背を丸め、鎖骨に顎を押しつけていた。

顔面を殴打されて気を失うのは、脳をゆさぶられるからだ。大きな頭が細い頸椎《けいつい》だけで支えられているのだ。首から上がもろいのは当然だ。

黒田は、鎖骨に顎を押しつけることによって、首を補強したのだった。

さらに、相手のパンチが当たる瞬間に、顔面に『気』を集めていた。この気という科学の理解を超えたエネルギーこそが、東洋の武術における最も重要な要素だ。

気を練《ね》らない武道は、形だけの格闘術に終わってしまう。そうした格闘技では、筋力とウエイトが勝る者だけが有利になる。

充分に気を練れば、突きの威力は、十倍にも百倍にもなるといわれている。単なる神秘主義ではない。それを実際に経験している武道家は多い。

黒田の動きが変わった。

腰が決まり、スタンスがやや狭くなる。両手を開いて正中線《せいちゅうせん》のまえに掲げる。

通常の空手家とは逆に、右手右足が前になっている。相手からみると、その右手で黒田の顔の大半が隠れている。

姿勢は高いが、しっかりと安定している。気がどっしりと落ちているのだ。

ボクサーは、空手家との試合も経験していたが、すべてフルコンタクト系の空手家に過ぎなかった。

筋力による殴り合い蹴り合いしか頭にないフルコンタクト系空手家は、ボクサーにとっては対処しやすかった。それで高をくくっていたのだ。

ボクサーは、ジャブからワンツーへつないだ。流れるような動きだ。その動きが、止まった。

黒田は、パンチをそらすようにさばくと同時に、重厚で切れのいい蹴りを出していた。

下段への前蹴りだ。上足底が黒人ボクサーの左膝にヒットしていた。

ボクサーはたまらず悲鳴を上げ、コーナーまで退がってうめいた。

黒田は、構えたままリング中央に立っていた。今の彼は、残忍だった。戦いというのはそういうものだ。きれい事ではない。残忍になった者が勝つ。

膝のダメージがようやく薄れたボクサーは、怒りのために、白眼の部分を赤く染めていた。

「殺してやる」

うめくようにつぶやくと、ボクサーは再びコーナーから飛び出して来た。

怒りのためか、パンチが大振りになっている。黒田は難なくかわし、今回は相手の左膝に、下段の回し蹴りを叩き込んだ。

回し蹴りのなかで、下段回し蹴りが、最も地味だがいちばん威力があるのだ。

ボクサーは膝をついた。

あわてて立ち上がったが、左足をひきずってしまっている。フットワークを封じられたボクサーの恐ろしさは半減する。

それでも、この黒人ボクサーの闘争能力には目を見張るものがあった。

上体をたくみに揺すりながら、さらに、パンチを繰り出して来たのだ。

黒田は退がりながら、前方の足で鋭く蹴り上げた。ショートレンジの中段回し蹴りだ。

その蹴りは、黒人ボクサーの右肘に叩き込まれていた。右は使いものにならなくなった。フィニッシュ・ブローを封じたのだ。

黒人は歯を剝《む》いてつかみかかって来た。

クリンチだが、そのまま、黒田の首を締めようとしている。

ふたりの体はほとんど接している。

殴る蹴るしか知らない格闘空手家は、その状態からだと有効な技を出せない。頭突きか膝蹴りで逃げるしかないだろう。

だが、黒田は違った。彼はボクサーにささやいた。

「本当の空手の恐ろしさを見せてやる」

「敗け犬が吠えるんじゃねえ」

黒人ボクサーの両手が、黒田の首にかかった。その瞬間、黒田は、前になっている右足をわずかに上げて、激しく踏み込んだ。

その勢いで、黒田の体のなかにうねりが生じた。

同時に彼は、下丹田《たんでん》にためていた気を、一気に右手へ放出した。

体のうねりと気が、右てのひらで爆発した。

黒田はその強烈な掌打《しょうだ》を、相手の膻中《だんちゅう》のツボ——中丹田といわれる胸骨のツボに打ち込んでいた。

一八五センチ、一〇〇キロの黒い巨体が、その場でぐずぐずと崩れ落ちた。操《あやつ》り人形のすべての糸が、一度に断ち切られたように見えた。それきり、黒人ボクサーは起き上がらなかった。

黒田は、至極《しごく》の突きといわれる『五寸打ち』を披露したのだ。基本の突きは、拳を腰や脇に引き切ってから突く。しかし、体のうねりや瞬発力、気の力を利用できるようになると、そうした物理的な距離は必要なくなる。ごく短い距離でも、すさまじい破壊力を発揮できるようになるのだ。

空手では『五寸打ち』などと呼び、中国武術では『寸勁《すんけい》』と呼ぶ。勁とは、筋力ではない力のことを言う。

また、真に威力のある技が決まったとき、相手は派手に吹っ飛んだりはしない。今のように、その場にすとんと倒れるのだ。

客たちは、何が起こったのかわからなかった。

黒田は、映画の世界で生きているので、ここでデモンストレーションが必要なことを感じた。

彼は、高々とジャンプして、ボクサーの頭のすぐ脇の床に足刀を叩き込んだ。リング全体が揺れた。

そして、黒田は、右手を高々と差し上げた。勝利宣言だ。

拍手も喚声もなかった。正装した客たちは静かに席を立って行った。

アメリカの白人エグゼクティブは、WASP《ワスプ》(白人のアングロサクソン系の新教徒)しか認めない。黄色人種の勝利は心底面白くないのだ。

サバティーニが立ち上がった。

黒田は、リング上から、サバティーニに言った。

「約束は守ってもらう」

サバティーニは、かすかに笑い背を向けて去って行った。

ジャック・ハガードとエプスタインが、リングに駆け寄って来た。

ハガードは、今にも泣き出しそうな顔で黒田を見上げている。

黒田はうなずき、ロープの間をくぐってリングを降りた。

エプスタインが言った。

「ちくしょう。残念だ」

「どうした?」

黒田が尋ねた。

「カメラを回させとくんだった。こんな面白い見せ物を商売にしない手はない」

黒田はかぶりを振って笑った。

解説

関口苑生《せきぐちえんせい》
（文芸評論家）

本書『叛撃』は二〇一〇年に単行本として刊行された、空手や柔術など武道を中心としたハード・アクション短篇集の文庫版である。収録作は八篇。しかしながら、その八篇の間にはおよそ七年の月日が流れている。最初に書かれた短篇は一九八七年、最後は一九九四年と結構な年月を経て書き継がれた作品群なのである。しかも単行本に纏《まと》まったのはさらにその十六年後と、何だか忘れ去られていたようでちょっと可哀相《かわいそう》にもなってくる。

逆に言えば、それだけ今野敏の短篇執筆量が少なかったということにもなるだろう。実際に、彼の純然たる短篇集というと、学生時代に新人賞を受賞した一篇のほか初期の短篇を収録した『怪物が街にやってくる』ぐらいであった。どうしてそうなったのかの理由を考えてみると、八〇年代はノベルス全盛期で、やがてバブルを迎える時代となる。書店の平台にはずらりとノベルスが並び、出版社も各社毎月大量に出していた。すると当然、執筆の依頼も増えてくる。それも、ほとんどが書き下ろしの長篇という注文だ。作家のほうも書けば売れるのだ。頑張って一生懸命書く。今野敏もある時期には「月刊今野」などと揶揄《やゆ》されながら、書きに書きまくったものだった。おそらくはそんな事情から短篇の執筆量が少なかったのではなかろうか。

だが改めてこうした纏まった形で読んでみると、さすがにきっちりと芯《しん》が一本通った、重厚な作品集となっていることに気づかされる。というより、今さらながら驚かされる。今野敏、やはり只者《ただもの》じゃないぞ、とだ。何と言うのか今野敏の短篇には、必ず何かしら読者の胸に迫って、力強く訴えかけてくるものがあるのだ。

本書の場合で言えば、先にも記したが武道の心である。これが全編にわたって通奏底音のごとく流れており、いつの間にか徐々にしみ込んでくるのだ。

たとえば冒頭の「花道」は、大学生時代に空手の学生選手権で優勝したこともある刑事が、当時ライバルだった男が暴力団組織でいい顔になっているのを知り、何とかできないものかと悩む姿が描かれる。このとき刑事は自分が情熱を燃やしてきたはずの空手を、武道などくだらぬものだと言い放つ。根性とかガッツが武道で養われることはない。ただ、つらさに慣れるだけだとか、空手の世界では弱い者の人格など顧《かえり》みられない、みんな、強くなることだけを考えて、強くなるためには嚙《か》ませ犬を見つけるのが手っとり早い、弱い者をいたぶっているうちに、自信がついて強くなる……等々、それはもうさんざんな言いようなのだ。

　このくだりを読んでいて、ふと思い出したことがある。今野敏が上智大学時代に空手同好会に入っていたことは有名だが、そのときの夏合宿で師範の先生からおそ理不尽でつらい練習を強いられたというのだ。つらくてつらくて、練習が終わった後では飯が一粒も喉を通らなくなったそうだ。あるいはまた、これは別の空手関係者から聞いたことだが、ある程度強くなっていくと「路上研修」と称する、対外実戦練習をしたくなるものであるらしい。要するに、街なかの路上での身体的接触だ。ここで相手をぶちのめすことが出来ると、自信がつくというわけだ。

　こちらとしては、そういうものかと思うほかはないのだが、ともあれ刑事は暴力団員となった元ライバルと、路上で一戦を交えることになる。ここでああなるほど、そうだったのかと思い知らされるのだ。空手の神髄は試合空手に宿るものではないということをだ。極論すれば、武道とスポーツは別物だと突きつけられるのである。勝手な意見を言わせてもらえば、柔道などでも現在は試合の決着は一本をとることよりも、より多くのポイントを上げることが優先される。柔道がＪＵＤＯ《ジュードー》になってしまったのだ。それが現実と割り切らなければ仕方ないのだが、どこかにこれはもはや武道と呼べるのだろうかという思いもなくはない。そんなあれやこれやを、この短篇ひとつで感じさせてしまう今野敏の技量にはただただ脱帽するしかない。

続く「探し屋」は、本書の中でもちょっと異色な作品だ。

人探しを専門とする事務所がある。所長は元一流新聞社の敏腕記者だった男で、助手がひとり。こちらはコンピューター・ソフト会社で営業の仕事をしていたが、バブルがはじけて倒産し新聞の求人欄を見てやってきた。

今回の依頼は、多額のクレジット返済を逃れるため、夜逃げした男を探してくれというものだった。ところが消息を探り始めた途端にトラブルに巻き込まれる。バーで聞き込みをすると、いきなり暴走族風のチンピラ集団に襲撃され、その後も行く先々でおかしな連中に襲われるのだった。という具合に、これはほぼ全編が格闘場面で終始する。それも半端ではない激烈な描き方なのだ。

基本的に本書は武道家ばかりが登場するので、アクション場面も多くなって当然である。だが、そこにこそこの作品集の肝があると思っている。何というのか、今野敏はこの当時アクションの描き方をいろいろと模索、研究していたのではないかと、本書を読んで感じたのだ。

アクション描写というのは、意外なようだが、どちらかというと控えめなほうがいい。激しい動きを言葉に置き換えるわけだから、より言葉を費やしたほうがと思うのは誤解。それよりも、短い文章で効果的にアクションを書いて読者に刺激を与え、作品にスピード感を加えていき、痛みや衝撃も描いていくとさらに臨場感が高まっていく。ほかにも三人称にするのか、一人称で書くのかという問題もある。これらさまざまなことを、短篇のなかで試行錯誤していたのではないか。だから本書にはアクションの形が実に豊富に描かれている。

次の「空手道・内海道場」と「非道議員」には同じ人物が登場するが、これもまた空手の神髄が語られる。前者は伝統的な修行をする空手と、試合形式で行われるフルコンタクトの空手とは違うものだということが、闘いを通して描かれるのだ。修行者にとっては、試合などごく一部の単純なテクニックを競う場でしかあらず、突きと蹴りのスピードを誇るだけのもの。空手本来の技はあんなに浅くはないとするのだ。

では本来の空手とはいかなるものかを描いたのが後者で、こちらは悪徳議員が雇った殺し屋との凄まじい闘いが中心となる。人にはとても見せられない、見せたときには、相手は眼をえぐられ、喉仏をつぶされ、金的を蹴り割られているというぐらい凄絶な技が繰り広げられる。

そうした延長が「バーリ・トゥード」で、古流柔術家が総合格闘技ジュウジュツ・ジャパンの主宰者とやむなく試合をする羽目になる。一度目はあっさりと負けてしまうが、眠れぬ夜をすごした彼は再度の試合を望み、そこで……とこちらも凄い。

柔術という武道は、生活の知恵、生きるための知恵として進化した。ところが現代の格闘技は、技術とパワーの進化を目指しているという説明が何とも迫ってくる。

残る三篇「血と埃のバラード」「幻の秘拳」「暗黒街のリング」は、シリーズ作と言っていいだろう。盛りはすぎたが世界的に有名なスタントマンが、やむにやまれず悪と対決する姿が描かれる。最初の「血と埃のバラード」は、実業之日本社文庫に収録の『デビュー』にちょっと似た雰囲気のある作品。

女子高校生を食い物にする芸能学校と売春組織と対決する中年男の憤激が、実にカッコよい。スタントではカメラ映えするように、派手な動きとゆっくりしたスピードで演技するが、実戦では人が違ったように恐ろしく速く、強い。彼は空手の一流派の免許皆伝《かいでん》を受けた男だったのだ。そんな彼が地下のバーで女子高校生たちのリーダーから、芸能界に巣くう悪党を退治してくれと依頼され、彼女と共に立ち向かうのだ。

ここに描かれる男たちは、誰かを、はたまた自分のなかにある何かを守るために生き、生きるために闘うのだった。それも決して驕《おご》らず、高ぶらず、常に冷静で自分の在《あ》り処《か》をわきまえて行動する。それでも心の奥底には熱い激情が静かに湧き出ているのだ。

そんな男たちの姿を、どうか温かい目でみてやってほしい。

（二〇一五年十一月）

本書は有楽出版社より二〇一〇年七月に単行本、二〇一二年一月にノベルスとして刊行されました。

本作品はフィクションであり、実在する個人および団体とは一切関係ありません。

各短編の社会背景は、執筆された一九八七～一九九四年当時のものです。（編集部）

実業之日本社文庫　最新刊

相場英雄
偽金　フェイクマネー
リストラ男とアラサー女、史上最強の大逆転劇！〈偽金〉を追いかけるふたりの陰で、現代ヤクザが暗躍――。極上エンタメ小説！（解説・田口幹人）
あ９１

赤川次郎
恋愛届を忘れずに
憧れの上司から託された重要書類がまさかの盗難！新人ＯＬ・恭子は奪還を試みるのだけれど――。名手がおくる痛快ブラックユーモアミステリー。
あ１10

梓林太郎
旭川・大雪　白い殺人者　私立探偵・小仏太郎
北海道で発生した不審な女性撲殺事件。解決の鍵に、謎の館の主人が握る――？　下町人情探偵が走る、大人気トラベルミステリー！
あ３８

風野真知雄
江戸城仰天　大奥同心・村雨広の純心３
将軍・徳川家継の跡目を争う、紀州藩吉宗ら御三家の陰謀に大奥同心・村雨広は必殺の剣「月光」で立ち向うが大奥は戦場に……好評シリーズいよいよ完結!!
か１５

黒野伸一
本日は遺言日和
温泉旅館で始まった「遺言ツアー」は個性派ぞろいの参加者たちのおかげで大騒ぎに…『限界集落株式会社』著者の「終活」小説！（解説・青木千恵）
く７１

今野 敏
叛撃
空手、柔術、スタントマン……誰かを、何かを守るために闘う男たちの静かな熱情と、迫力満点のアクションが胸に迫る、切れ味抜群の傑作短編集。
こ２９

東郷 隆
初陣物語
その時、織田信長14歳、徳川家康17歳、長宗我部元親22歳。戦国のリアルな戦いの姿を描く傑作歴史小説集！（解説・末國善己）
と３５

葉月奏太
昼下がりの人妻喫茶
珈琲の香りに包まれながら、美しき女店主や常連客の美女たちと過ごす熱く優しい時間――。心と体があったまる、ほっこり癒し系官能の傑作！
は６２

吉川トリコ
うたかたの彼
ふらりと現れ去っていく男。彼と過ごす束の間の甘い時間の中で、女たちが得るものとは……。不器用な大人の女性に贈る、甘くて苦い恋愛小説集。
よ３２

実業之日本社文庫　好評既刊

実業之日本社文庫　好評既刊

江上剛
銀行支店長、走る
メガバンクを陥れた真犯人は誰だ。窓際寸前の支店長と若手女子行員らが改革に乗り出した。行内闘争の行く末を問う経済小説。（解説・村上貴史）
え11

江上剛
退職歓奨
人生にリタイアはない！　あなたにとって企業そして組織とは何だったのか？　五十代後半、八人の前を向く生き方――文庫オリジナル連作集。
え12

石持浅海
煽動者
日曜夕刻までに犯人を指摘せよ。平日は一般人、週末限定テロリストたちのアジトで殺人が。探偵役は不在？　閉鎖状況本格推理！（解説・笹川吉晴）
い72

知念実希人
仮面病棟
拳銃で撃たれた女を連れて、ピエロ男が病院に籠城。怒濤のドンデン返しの連続。一気読み必至の医療サスペンス、文庫書き下ろし！（解説・法月綸太郎）
ち11

永瀬隼介
完黙
定年間近の巡査部長、左遷された元捜査一課エリート……所轄刑事のほろ苦い日々を描く連作短編。沁みる人情系警察小説！（解説・北上次郎）
な31

鳴海章
刑事小町　浅草機動捜査隊
「幽霊屋敷」で見つかった死体は自殺、それとも……!?　拳銃マニアのヒロイン刑事・稲田小町が初登場。絶好調の書き下ろしシリーズ第4弾！
な25

鳴海章
失踪　浅草機動捜査隊
突然消えた少女の身に何が？　持ってる女刑事・稲田小町の24時間の奮闘を描く大人気シリーズ第5弾！書き下ろしミステリー。
な26

鳴海章
カタギ　浅草機動捜査隊
スーパー経営者殺人事件の特異な手口に、かつて対決した元ヤクザの貌が浮かんだ刑事・辰見は――大好評警察小説シリーズ第6弾！
な27

実業之日本社文庫 こ29

叛撃《はんげき》

2015年12月15日　初版第1刷発行

著　者　今野《こんの》 敏《びん》

発行者　増田義和
発行所　株式会社実業之日本社
〒104-8233　東京都中央区京橋 3-7-5 京橋スクエア
電話 [編集]03(3562)2051 [販売]03(3535)4441
ホームページ　http://www.j-n.co.jp/
印刷所　大日本印刷株式会社
製本所　大日本印刷株式会社

フォーマットデザイン　鈴木正道(Suzuki Design)

ISBN978-4-408-55267-5（文芸）